U0535258

ALAIN DE BOTTON

| 阿兰·德波顿作品集 |

[英]阿兰·德波顿 著
余斌 译

拥抱逝水年华

上海译文出版社

文学的意义
——新版作品集代总序

阿兰·德波顿

在人类为彼此创造的艺术形式和作品中，有一个门类占据了最大比重，即以某种形式探讨伤痛。郁郁寡欢的爱情，捉襟见肘的生活，与性相关的屈辱，还有歧视、焦虑、较量、遗憾、羞耻、孤立以及饥渴，不一而足；这些伤痛的情绪自古以来就是艺术的主要成分。

然而在公开的谈论中，我们却常常勉为其难地淡化自身的伤情。聊天时往往故作轻快，插科打诨；我们头顶压力强颜欢笑，就怕吓倒自己，给敌人可乘之机，或让弱者更为担惊受怕。

结果就是，我们在悲伤之时，还因为无法表达而愈加悲伤——忧郁本是正常的情绪，却得不到公开的名分。于是，我们在隐忍中自我伤害，或者干脆听任命运的摆布。

既然文化是一部人类伤痛、悲情的历史，那么，所有的问题都能予以修正，把绝望的情绪拉回人之常情，给苦难的回味送去应有的尊严，而对其中的偶然性或细枝末节按下不表。卡夫卡曾提出："我们需要的书（尽管也适用于其他任何艺术形式）必须是

002.

一把利斧，可以劈开心中的冰川。"换言之，找到一种能帮助我们从麻木中解脱的工具，让它担当宣泄的出口，可以让我们放下长久以来对隐忍的执念。

细数历史上最伟大的悲观主义者，他们中的每一人都能抚慰这种被压抑的苦楚。用塞内加的话说："何必为部分生活而哭泣？君不见全部人生都催人泪下。"或者就像帕斯卡的叹谓："人之伟大源于对自身不幸的认知。"而叔本华则留下讽刺的箴言："人类与生俱来的错误观念只有一个，即以为人生在世的目的是为了得到幸福……智者知道，人间其实不值得。"

这种悲观主义缓和了无处不在的愁绪，让我们承认：人生下来就自带瑕疵，无法长久地把握幸福，容易陷入情欲的围困，甩不掉对地位的痴迷，在意外面前不堪一击，并且毫无例外地，会在寸寸折磨中走向死亡。

这也是我们在艺术作品中反复遭遇的一类场景：他人也有跟我们同样的悲伤与烦恼。这些情绪并非无关紧要，也无须避之不及，或被认为不值思量。关键在于我们如何看待。艺术作品带我们走近那些对痛苦怀有深刻同情的人，去触摸他们的精神和声音，而且允许我们穿越其间，完成对自身痛苦的体认，继而与人类的共性建立连接，不再感觉孤立和羞耻。我们的尊严因而得以保留，且能渐次揭开最深层的为人真理。于是，我们不仅不会因为痛苦而堕入万劫不复，还会在它的神奇引领下走向升华。

不妨把自己想象成一组同心圆。所有一眼望穿的事物都在外

代总序　作品集　新版

圈：谋生手段，年龄，教育程度，饮食口味和大致的社会背景。不难发现，太多人对我们的认知停留在这些圈层。而事实上，更内里的圈层才包裹着更隐秘的自身，包括对父母的情感、说不出口的恐惧、脱离现实的梦想、无法达成的抱负、隐秘幽暗的情欲，乃至眼前所有美丽又动人的事物。

虽说我们也渴望分享内里的圈层，却又总是止步于外面的圈层。每当酒终人散，回到家中，总能听见心中最隐秘的部分在细雨中呼喊。传统上，宗教为这种难耐的寂寞提供了理想的解释和出路。宗教人士总说，人的灵魂由神创造，唯有神才能知晓其间最深层的秘密。人也永远不会真正地孤独，因为神总是与我们同在。宗教以其动人的方式关照到一个重要命题，意识到人对被深刻了解和赞赏的愿望何其猛烈，并且大方地指出，这种愿望永远也无法在其他凡人身上得到满足。

而在我们的想象空间里，取代宗教地位的是人和人之间的爱情膜拜，俗称浪漫主义。它朝我们抛来一个漂亮而轻率的想法，认为只要我们足够幸运和坚定，从而遇到那个被称为灵魂伴侣的高维存在，就有可能打败寂寞，因为他们能读懂我们的所有秘密和怪癖，看清我们的全貌，并且依然为这样的我们陶醉沉迷。然而，浪漫主义过后，满地狼藉，因为现实一再将我们吊打，证明他人永远无法看透我们的全部真相。

好在，除了爱情和宗教的诺言之外，尚有另一种可用来关照寂寞的资源，并且还更为靠谱，那就是：文学。

目录

权作译序（余斌） …… 001

一 抓住现在 …… 001

二 读书为己 …… 009

三 优哉游哉 …… 031

四 直面痛苦 …… 051

五 传情达意 …… 089

六 交友之道 …… 107

七 心胸豁然 …… 135

八 享受爱情 …… 161

九 弃书不观 …… 175

权作译序

余 斌

　　眼前的这本书，直译名应为"普鲁斯特怎样改变你的生活"，书中的九个章节，都是以 HOW 打头，从怎样读书，怎样交友到怎样谈恋爱，一一开出方子。根据这个纲目，我们大可推断这是一部励志书，或者换个说法，准生活教科书。是吗？——也是，也不是。

　　《科克斯书评》上有人撰文赞道："德波顿浑不费力，谈笑之间即胜过布鲁姆、丹比对经典名著的品评"，似乎视之为文学批评。《每日电讯报》上的书评说得更为斩截——"此书引人入胜，实属多年未见最为有趣的文学批评之作。"《出版人周刊》上说："德波顿写活了普鲁斯特，读德波顿的普鲁斯特，是极愉快的经验。"似乎又看作普鲁斯特的传记或准传记。《星期天快邮》上的书评说："德波顿把严肃的哲学思考、给恋人的建议及文学上的见解，当作彩球抛向空中做杂耍表演，令人叹服。恰是此种表演，令他置身于欧洲机智、婉妙的文学传统之中。"虽语涉多面，落脚却在幽默文学的传统，当然是将其看作了一部上佳的小品文。说

权作译序　　　　　　　　　　　　　Alain de Botton

法不一，各执一端，哪一说为是？——都不是，又都是。

　　这是一部关于《追忆逝水年华》的书。书中有大量的引证、摘录，有对普鲁斯特笔下人物、情节、场景的描述、分析和品评。德波顿对普鲁斯特的巨著烂熟于心，不惟人物的拿捏、风格的把握，甚至书中最长句子可达何等长度也算得毫厘不爽。含英咀华，剔隐抉微，他出入书里书外，跳挞不已，于书中所述信手拈来，引申延展，发为高论，每每别有会心。若谓赏鉴含玩也是批评一义，此书正不妨当作"另类"的文学批评，或是读《追忆逝水年华》的一部心得。但是作者无意于文学评价，甚至也无意做文学意义上的导读，——《追》书固为文学名著，在他那里，却首先是一部人生之书。七卷洪文，权当普鲁斯特写在人生边上的脚注，他这里再来注上加注，从中演绎出一套完整的生活哲学、处世态度。普书因此成为通向德波顿就人事各端生发议论的跳板。

　　这是一部以普鲁斯特为主角的书。普鲁斯特的大名，几乎出现在全书的每一页，普鲁斯特的性情脾性，浮现在德波顿的字里行间。德波顿似乎谙晓关于普鲁斯特的一切，不仅了然种种生平故实，还知道普氏诸多怪癖和鲜为人知的细枝末节。普鲁斯特的家庭，《追忆逝水年华》出版的经过，人物的原型，他的恋母，他的同性恋倾向，他的哮喘病，他娇嫩无比的皮肤，他的喜好奢华，他第一次冶游领受的难堪，他与詹姆斯·乔伊斯尴尬的会面，乃至他在巴黎的电话号码，他付小费的做派……作者均闲闲道来，谈得津津有味。凡此之类，林林总总，岂不都是传记的好材料？

然而德波顿显然无心给普氏做传，考订事实既非其所欲，写成一本轶事汇编，同样非他所愿。《拥抱逝水年华》并非关于普氏的"戏说"，但若想了解普鲁斯特的一生，此书决非上选。普氏生平种种，均被掰开揉碎，纳入作者议论的人生事项，如此如此，这般这般，拿普鲁斯特开刀，拿普鲁斯特说法，以普鲁斯特解《追忆逝水年华》，以《追忆逝水年华》解普鲁斯特，人书互证，竟是要向我们提供生活的参照。

这是一本风趣的书，然而里面不乏一本正经的教诲之言。

这是一本教训之书，然而全书贯穿着揶揄调侃的语调。

……

最后，只好说这书于各种成分兼而有之，德波顿摊开大包小包关于普鲁斯特的资料，指指点点，评头论足，谈文学也说人生，开宗明义，曲终奏雅，声明要给读者上一堂生活的咨询课。硬要归类，也许就得拖泥带水说成这样："一本索解普鲁斯特生活智慧，出诸小品风格的励志书。"

励志之书，坊间多有，大费周章方得归宗定性，说明此书与通常励志书大大不同。借名著，借"模范"人物明生活之理，算不得德波顿的创意，奇的是放着无数名著名人不选，他偏偏挑中了普鲁斯特和他的书。普鲁斯特诚然是举世公认的文学大师，现实生活中他却是彻头彻尾的失败者。进取、乐观，普鲁斯特的身上看不到，健康、自信，到他那儿去找肯定找错了地方。门窗紧闭，足不出户，他终日盘踞床上，坐拥种种疾病，时时为了失眠、

权作译序　　　　　　　　　　　Alain de Botton

伤风、便秘之类担惊受怕，屡屡宣布自己已然死期不远。人生诸项，于他几乎是一连串失意的连缀：著书无人赏识，爱情全无着落，至于他看重的友谊，他那些社交场上频频聚首的朋友对他寄赠的书稿甚至翻都懒得一翻。而立之年他的自我评价是："没有快乐，没有目标，没有行动，也没有抱负。有的是已经到头的人生路，是父母忧心忡忡的关注。没有什么幸福可言。"直到写出《追忆逝水年华》，他还不住地嘀咕：但愿我能更自信一点。这么一位"没有幸福可言"，从生理到心理都有必要请人咨询的人来充我们的人生指导，是否有点搞笑？

普鲁斯特本人却担保，他虽终日与病相伴，生活中一无所获，却有能力为他人献上摆脱痛苦，求得幸福的良方，并且这是上天赐他的"仅有的才能"。说这话时，普鲁斯特于谦抑中倒含着一份自信。他的资格是从痛苦与失意中来，他相信"快乐对身体是件好事，但惟有悲伤才使我们心灵的力量得以发展"。他并且以病为例："病痛让我们有机会凝神结想，学到不少东西。它使我们得以细细体察所经之事，若非患病我们对之也许根本不会留心。一到天黑倒头便睡，整夜酣眠如死猪的人，定然不知梦为何物，不惟不会有了不得的发现，即对睡眠本身也无体察。他对他正在酣睡并不了然。轻微的失眠倒让我们领略睡眠之妙，如同黑暗中投下一道光束。"德波顿服膺这逻辑（痛苦与智慧间的辩证法），坚信普鲁斯特从失意、痛苦中酿出的，正是人生的智慧。普鲁斯特有言，获得智慧的途径有两种，一种是老师传授，毫无痛苦，一种得自生活本身，充满痛苦。他认为得自痛苦的智慧方是真知。准此而论，普鲁斯特就似百病成医的高人，患过的病痛不惟不足为累，反倒是他开方抓药的资本。他给世人开出的方子至详至备，便是煌煌七卷、数百万言的《追忆逝水年华》。依德波顿之见，此书"并非一部感叹韶华易逝的感伤回忆，而是一个切切实实，具有普遍意义的故事，它告诉人们应该怎样停止生活的浪费，该怎样去领略生活的美妙。"

普氏千言万语，却有片言据要。德波顿拈出的"别太快"三字，就是通向普鲁斯特生活智慧的密钥。当他人描述某人某事某物之时，普鲁斯特总嫌其讲得太快，"别太快"成了他的口头禅。这固然见出他对细节无比的兴趣，他的生活态度实亦暗寓其中。"别太快"即是放慢脚步，细细品尝生活的滋味。"抓住现在"似乎是要只争朝夕，"别太快"念的则是"慢"字诀，二者岂不相犯？殊不知在普鲁斯特看来，惟有放慢节奏，才可领略生活的妙处，惟有领略到生活的妙处，才是对"现在"的真正占有，生命才不致沦为无谓的浪费。普鲁斯特式的幸福生活不重外在的成功，重在对生活的体验。酒肉穿肠，美食落肚，都不算数，齿上留香，舌有余甘，回味咀嚼，才当得起体验二字。未加咀嚼的日子，等于白过；未浸透体验的生命，等于白活。"快"是技术，通向外在的攫取和占有，"慢"，才是真正的生活艺术。德波顿告诉我们一桩趣事，英国某海滨度假区搞过一次"全英普鲁斯特小说梗概大赛"，要求参赛者十五秒内概述《追忆逝水年华》的内容。此举纯

权作译序　　　　　　　　　　　　　　Alain de Botton

属游戏，当作象征去看，却又恰好暗示了我们粗鄙的状态——我们活出的，往往只是一个生活的梗概。普鲁斯特提示的活法，则是要活出生活的全过程，生活全部的细节。

普鲁斯特拒绝梗概式的活法，同时也拒绝梗概式的阅读。阅读是普鲁斯特生活中的一大关目，德波顿书于此也是致意再三。普氏的阅读不仅是书本，还有绘画、报纸，以致火车时刻表，读法却是一般无二，要点是联想，是建立与生活间的联系，是与人生的参证，终而至于经验的获得与延伸。艺术与生活的关系可以玄而又玄，德波顿理解的普鲁斯特却是将其还原到朴素，阅读处处与生活的体验接壤。触摸生活在普鲁斯特那里是阅读的第一义，倘若书本不能唤起我们对身边世界的兴趣，倘若它不是引领我们去拥抱生活，反成鲜活人生的阻隔，或者干脆取而代之，那就宁可弃书不观。"弃书不观"恰是该书最后一章的标题，一本谈论普鲁斯特的书以此作结，未免出人意表，然而由此彰显的，或者正是《追忆逝水年华》的本意：一切的一切都指向生活，指向对生活的体验。

关于生活，普鲁斯特还有何忠告？德波顿寻绎人物故事，结合普氏生活实况，又以书信文章中采撷的吉光片羽相互发明，爬梳演绎，给出的答案看上去还真是"切实"。宏观者如抓住今天的享乐哲学，琐细者如选医生的妙招，传情达意的诀窍。德波顿甚至代"圣人"立言，模拟普鲁斯特，对恋爱的新奇感能维持多久，首次约会该怎样着装、谈话，婚前性行为有益无益之类的问题——作答。但若当作实用手册去读，我们就是舍本逐末，愚不可及。

万勿以为德波顿挟了普鲁斯特的"圣旨"，来对我们做布道式的演讲，尽管开列多项，他却也不是在给我们提供尽可照此办理的生活建议。德波顿既不耳提面命，甚至也说不上循循善诱，教师爷的身份，一定非他所喜。有评家说，德波顿虽是英国人，书中洋溢的却是法国式冷静的机智。法式幽默抑或英式幽默，无须辨它，反正西人的写作，自蒙田以降，有轻松风趣，娓娓而谈的一路，德波顿无疑是这一脉的流裔。以诙谐风格、随笔（小品）笔调写励志之书，确为《拥抱逝水年华》建立起此类书籍的"另类"格调。德波顿以写小说成名，其小说《爱情笔记》即在中国亦颇有人缘，但他情之所钟，端在随笔。其次接受访谈时他给《爱情笔记》等书定位，说是随笔风格的小说，或曰参以小说笔法的随笔，《拥抱逝水年华》是他第一部非小说之作，自可将随笔作手的本色，尽皆表露。

励志之书，易成高头讲章，随笔的特点，却在其轻松随意，德波顿的手腕，常见于对正经与幽默二者善加调理。从头至尾，他写来亦庄亦谐，游走于说教与游戏之间。普鲁斯特固然是文学圣殿中的神明，德波顿却将他从云端拉到凡间俗世，让他和芸芸众生一起，面对日常生活中种种的琐屑烦难。此时的普鲁斯特与常人无异，怯懦、笨拙、矫情……常人的弱点他几乎都有；失意、孤独、病痛……常人的不幸他亦一一经历。德波顿缕述普氏生平

权作译序　　　　　　　　　　　　　Alain de Botton

种种，时有打趣调侃之语，有的时候，他简直就像是在拿普鲁斯特开涮。但是谑而不虐，先抑后扬，德波顿终不忘说教之旨，滑稽梯突，假语村言，不掩普鲁斯特对生活的虔敬之心，反衬出普氏从寻常情境中蒸馏出的人生慧见。而一旦转入普氏对人生的慧见，德波顿即变谐语为庄语，反复申说，惟恐不能尽意。借着庄谐杂出的笔调，他将《追忆逝水年华》与普鲁斯特生平点滴打成一片，同时也完成其人其书与你我日常生活的转换勾连。

　　此书原本有一副标题："——不是小说"（HOW PROUST CAN CHANGE YOUR LIFE: NOT A NOVEL）。既然其非小说性质一望而知，德波顿画蛇添足多此一笔，或者意在强调"普鲁斯特改变你的人生"之说，并非游戏笔墨。果然如此，书名就可译作"普鲁斯特改变你的人生——并非天方夜谭"。德波顿于此是严肃正经，推心置腹，还是故神其说，游戏三昧？《纽约时报》上的书评倒是言之凿凿：德波顿"成功地向我们展示了普鲁斯特小说的精义"；"普鲁斯特巨著可作励志之书？没错"。媒体上的书评常常张大其辞，普鲁斯特之博大深邃，是否尽在德波顿掌握，我们可以存疑。化普氏巨著为人生俗讲、街头哲学即可助我们改变人生？一册小书哪有此等法力？但是，见识见识人间普鲁斯特，可以会心一笑，领略领略普氏人生疗法，不为无益。如若神游普鲁斯特的世界可以比作从我们已然麻木的生活的"出走"，那就不妨借用张爱玲关于"出走"的一个比方：我们未必就能走近日月山川，然而即便是从后楼走到前楼，换一个风景，也不错。

一　抓住现在

弄人的造化让人来到世上，惟一的目的似乎就是让他受罪，果然如此，我们就得为自己对此项使命如此热衷，去向造物主表功。受罪的来由数不胜数：疾病缠身，情场变幻，朋友反目，世态炎凉，还要加上因生活千篇一律而生的郁闷麻木。痛苦既如此之多且没完没了，我们自然巴不得早点死了拉倒。

在二十世纪二十年代的巴黎，想找份报纸看看的人或许会随手翻开一张名为"不妥协"的报纸。这家报纸刊载新闻追踪、都市花边消息、分类广告、尖酸刻薄的社论，且以此享有名声。该报还另有一招，即隔三岔五弄出些不着边际、大而无当的问题，让法国的名流做答。比如，"尊意以为对令爱当施以何种教育为佳？"再如，"您对改善目下巴黎交通拥挤状况有何高见？"1922年夏天，报上给撰稿人出了这个挖空心思想出来的问题：

一位美国科学家宣称，世界末日即将来临，至少这个大陆的大部将被毁灭，遭此巨变，数十亿人将难逃一死。倘该预言应验不爽，在确知死期不远到死亡降临这段时间里，你认为人类对该预言会做出何种反应？再者，据你所想，你在这最后的时刻会做些什么？

第一个面对这人类、地球均遭没顶之灾的惨淡图景做答的名人，是位名叫亨利·波尔多的知名文人，此人现已无人问津，当时却是大名鼎鼎。他断言，预言会令大多数人乱作一团，径奔离得最近的教堂，要不就是窜入最近的卧室。他本人则不会狼狈至此，他会利用这最后的机会去登山，尽赏阿尔卑斯山美景，礼赞奇妙的大自然。另一做答的巴黎名流是位叫贝尔特·鲍维的名伶。她没说自己将有何举措，倒是要让读者来分担她有点不大好说出口的隐忧——男人对其行为的长远后果没了任何顾忌，岂不是要变得无法无天？此种论调颇令人心寒，对另一名人弗莱雅夫人来说却是"深得我心"。弗莱雅夫人在巴黎以善看手相闻名，据她判断，在末日将临之际，人们没工夫沉思来世，他们及时行乐尚且不及，哪会想着修炼灵魂，以待来生？——她真是不幸言中，另一作家亨利·罗贝尔兴头头地宣布，他要尽情享乐，去玩最后一局桥牌，去打最后一场网球、最后一场高尔夫。

最末一位就临终计划发表高论的名人是个离群索居、唇上留须的小说家，没听说他对桥牌、网球、高尔夫之类有何兴趣（虽

逝水年华拥抱

How Proust Can
Change Your Life

003.

说他曾试着下过一次国际象棋，且靠别人帮忙，放过两回风筝）。此君生命最后的十四年是在一张狭窄的床上度过，这十四年他的常态是身上覆一堆薄薄的毛毯，就着床边一盏微暗的灯，写他那部长得令人称奇的小说。小说名为《追忆逝水年华》，自打1913年第一卷问世，已然被推为经典之作。一位法国批评家认为作者可与莎士比亚相提并论，一位意大利批评家则把他比作司汤达，另有一位奥地利公主，甚至愿意与他谈婚论嫁。不用说，此人就是马塞尔·普鲁斯特。普鲁斯特并非自视甚高之人（"但愿我能对自己的估价高一点！——可叹，那是不可能的"），有一次甚或将自己比作一只跳蚤，又曾将自己的作品形容为一块让人无法消受的牛皮糖，不过他还是有理由感到满足。有位出使法国的大使，也算是见多识广，不轻许人的了，他就认为，该给普鲁斯特颁发文学大奖，即使不是马上。大使如此描述普鲁斯特："他是我所见过的最不寻常的人——甚至赴晚宴他也穿着长外套。"

普鲁斯特给报纸投稿很热心，并且总是一副游戏心态，他将对《不妥协报》前述问题的答复寄给报社，同时还将他那番末世论寄上一份给那位美国科学家：

果如你所言，我们都将面对死亡威胁的话，我想生活对于我们会忽然变得美妙。想想吧，因为我们的懒惰，总想着来日方长，做何事都能拖则拖，竟致那么多的计划、旅行、恋爱、对人生的探究

一　抓住现在

与我们失之交臂,未见实行!

但是让这预言永远别应验吧,一旦厄运不再,我们的生活将是何其美妙!啊!只要这一次世界末日并未降临,我们该再不会错失良机,我们会去参观卢浮宫的新画廊,去拜倒在某位小姐的脚下,去启程做一次印度之行。

大难不至,我们就会什么也不做,我们会发现自己又回到日复一日的平庸生活,生活的欲望在此消磨殆尽。但是要热爱生活,抓住现在,我们无需等到大难临头。想想这一点就尽够了:我们是人,终有一死,也许今夜死神就会将我们带离人世。

当我们明白死亡正在逼近之时,对生命的依恋之情就会油然而生。这意味着,问题或许不在我们因其单调冗长、不见尽头而觉兴味索然的生活本身,而在我们每日对生活采取的态度;我们的不满与其说是起于对往昔无可奈何的追悔,不如说是起于我们似乎理所当然的活法。一旦明白人终有一死,放弃了永生之念,我们会忽然发现,在看似冗长无聊的生活表层之下,藏着那么多人们未加尝试的可能性。

承认人的肉身难逃寂灭或者会促使我们重新掂量生命中的轻与重,然而果真如此,我们也得先问上一问,这轻与重当如何分解。当我们尚未明白死亡意味着什么之时,我们也许一直过着残缺不全的生活,但是完整的生活究竟是何模样?简单地承认我们难免一死并不能保证一举寻到什么明智的答案，即使我们说得头头是道，把日记本余下的空页填得满满。死亡之钟的嘀嗒声令人心惊肉跳，惶恐中我们做出的，也许是洋相百出的种种蠢事。巴黎名流们给《不妥协报》的答复就够矛盾的了：你道是尽赏阿尔卑斯美景，他说是要沉思宇宙的未来，还有什么网球、高尔夫，真是不一而足。但是天塌地陷之际，这些度过最后时日的高明法子又有何益？

普鲁斯特的法子（逛卢浮宫、谈情说爱、旅行印度）也未见高明。对了解普鲁斯特性格的人说来，这简直就是奇谈。他从来也算不上是博物馆的常客，卢浮宫已有十年足迹未至，他宁看复制品也不愿在博物馆与吵吵嚷嚷的游客为伍（"人们以为对文学、绘画、音乐的喜爱已成风气，愈演愈烈，实则真懂的人一个也无"）。至于他对印度的兴趣，也从未有人听说过——那年头去印度可真算得上一场考验，先须坐火车到马赛，然后得坐邮轮至赛得港，还得换乘 P&O 公司的船在阿拉伯海上过上十天。对一个下床都困难的人，这样的旅行实在未可称善。说到某小姐之类，那正是他母亲的伤心事——普鲁斯特对其迷人之处根本无动于衷，从 A 小姐到 Z 小姐，他一概毫无感觉。甚至有很长时间，他连有无可以作伴的"同志"也懒得费心。他曾有言，饮酒之乐，胜于做爱。

即使他真想照计行事，付诸实施的可能也微乎其微。寄出给

一　抓住现在　　　　　　　　Alain de Botton

《不妥协报》的答复之后刚过了四个月，多年来他不断预言的事情竟真的发生了——他患了感冒，不治身亡。这一年，他五十一岁。死前他应邀去赴一个宴会，尽管已有染上风寒的征兆，他还是裹上三件外套、两条毛毯，如约前往。返家时他不得不在冰冷的庭院里等出租车，就这么患了感冒。感冒随即发展成高烧，要是普鲁斯特听请来的医生的话，高烧是可以退去的，但是怕打断了写作，他不让医生给他注射樟脑油。他继续工作，除了热牛奶、咖啡和煮过的水果，什么都不吃，什么也不喝。感冒转成支气管炎，随即又恶化为肺炎。好转的希望一度出现，有次他在床上坐起来，要吃烤鳎鱼，可待鱼买来烧好，他却突觉一阵恶心，碰也不愿碰了。几个小时之后，他即死于肺部脓疮破裂。

所幸普鲁斯特对生命的思索并不限于写给报纸的游戏文章（报纸出的题不着边际，他的答复则不惟语焉不详，而且让人摸不着头脑），事实上，直到临终前，他一直在惨淡经营一部体大思深、叙事形式复杂的书，而这部书所解答的问题，与由那位子虚乌有的美国科学家的预言引发的命题，不妨说是正相仿佛。

这部大作的书名——"追忆逝水年华"——意蕴丰富。虽说这书名普鲁斯特本人一点不喜欢，每逢提起就要下"糟糕"（1914）、"不得要领"（1915）、"丑陋"（1917）之类的贬语，它的好处还是显而易见，因它径直道出了该书的主题：探究人们何以会将光阴虚掷、生命空耗。《追忆逝水年华》并非一部叹息韶华已逝的感伤回忆,而是一个切切实实,具有普遍意义的故事,它告诉人们该怎样停止生命的浪费,该怎样去领略生活的美妙。

可以想见,一旦得知大难将临,每个人都会倍感时间宝贵,生命无价,普鲁斯特这部富有教益的书则更进一程:但愿生命的思索与我们长相伴随,不要等到末日将至的那一刻;但愿我们在玩最后一次高尔夫,在水已没顶之前,已然端正了对生命的态度。

二　读书为己

　　普鲁斯特生在一个医生家庭，这个家庭将解除人的病痛当作一门艺术，孜孜以求。他的父亲是个医生，身材高大，满脸胡须——典型的十九世纪人的样子。普鲁斯特医生神情威严，目光坚定，与那眼神相接之人会禁不住觉得自己有点女里女气。他身上洋溢着从医的人特有的道德优越感。须知医生这一行的价值对社会而言是根本不消说的，不拘咳嗽打喷嚏抑或盲肠破裂，但凡生了病，谁都得仰赖于他。其他行业的人在医生面前也许会自感气沮，因为干哪一行也不能如行医那样理直气壮，对自身价值居之不疑。

　　阿德里安·普鲁斯特医生出身算不得高贵，他是个杂货商的儿子，家里专营蜡烛，以供左近家庭和教堂之用。他在医学研究方面才华过人，其潜心之作是一篇名为《脑软化症诸形态》的论文，完成学业后他致力于改善公众的卫生状况，尤其关注抑制霍乱和鼠疫的传播。他曾游历各国，就传染病问题向各国当局进言。

二 读书为己

不懈的努力得到了回报,他曾被授予五等荣誉奖章,且荣任巴黎医学院卫生学教授。此外,土伦市(这个港口城市一度有霍乱流行的苗头)市长赠他以城市金钥匙,马赛的一家防疫医院则以他的名字命名。到1903年过世之时,阿德里安·普鲁斯特医生已享有国际声誉,他这样为他的一生做结:"我度过了幸福快乐的一生",观其生平,这话他还真当得起。

有这样一位父亲,难怪马塞尔会有几分自卑。他生恐自己成为父亲诸事遂顺的一生中的缺憾。他对十九世纪末一般中产人家趋之若鹜的职业毫无兴趣,惟独钟情于文学。钟情归钟情,年轻的时候他大体上是光说不练,似乎是对文学太虔诚、太在意,以至于他难以落笔。他是个乖儿子,起初也试着从事父母定会首肯的行当。他有过种种想法,比如进外交部,当律师,做股票经纪人,或者当个卢浮宫的馆员。然而谈何容易?干了两个星期的律师,他就吓坏了("即使最糟的时候,我也想不出有什么比在律师事务所更恐怖"),而一想到当外交官要离开巴黎和他依恋的母亲,他就打消了念头。二十二岁的普鲁斯特心烦意乱,他不断地自问:"假如我打定了主意不做律师,不当医生不当神父,那我还能做什么?"

也许图书馆员还是可以胜任的吧。他到马萨林图书馆去应聘,并且被录用了,不过是个不领薪水的职位。至此职业的选择似乎已有答案,可普鲁斯特发现这地方灰尘太多,他的肺受不了,于是隔三岔五地泡病假，他告了假有时是在卧床静养，有时则是去度假，倒是很少伏案写作。他的日子过得有声有色，有滋有味，或是请客吃饭，或是出去泡吧，总之是花钱如流水。可以想象他那位生活严谨的父亲对他的失望。他父亲从未对文学艺术表现出多少兴趣（虽说他曾在喜歌剧院医疗队工作过，并曾一度迷上一位美国歌剧女伶，这位女伶还寄赠一张穿男装灯笼裤的玉照）。普鲁斯特不断地告假，不上班，甚或一年也见不到他的影子，如此这般，终至于弄得挺大度的上司也难以忍受，到任职的第五个年头，他终被图书馆辞退。这一回大家都明白了，已然对他不抱希望的父亲更是心里透亮：再别指望马塞尔找到什么合适的工作了，这辈子他都要靠家里养着，家里得拿出钱来供他捣鼓弄不出名堂的文学。权当是票友玩票罢。

很难看出普鲁斯特还是个雄心勃勃的人，在他父母均已亡故之后不久，有一天他居然对女仆吐露胸中抱负——他终于要开始写小说了。

"啊，塞丽斯蒂，"他说道，"但愿我能像父亲专注于病人那样专注于我的写作。"

但是他父亲为饱受霍乱、鼠疫肆虐之苦的人们做了许多，他以写书能追上父亲的功业？不必当土伦市的市长我们也能了然，普鲁斯特医生可以在改善人们的健康状况方面贡献良多，谁知道

二 读书为己

马塞尔肚里正在酝酿的皇皇七卷的《追忆逝水年华》是何良方？坐在慢慢吞吞、摇摇晃晃穿过西伯利亚大草原的火车上翻翻这书，或许不失为消闲解闷的法子，然而谁会拿这点好处与完善的公共卫生系统带来的效应相提并论？

若是有人对普鲁斯特的抱负不屑一顾，那也许并非因为他们对文字印刷品一概不当回事，而是因为他们怀疑文学作品究竟有何类于救死扶伤的实际功用。从很多方面看，普鲁斯特医生对儿子的倾心文学一无同情，不过即使是他，对各种出版物也并无轻视之意，事实上他本人就著述颇丰，很长一段时间，书店里他的名气远比儿子大得多。

与儿子不同，普鲁斯特医生的书很实用，这是一望而知的。他前后出了三十四本书，对探究提高大众健康水准的种种途径可谓不遗余力。他的著述内容广泛，既有《欧洲的鼠疫预防》这样的专著，也有《电池制造工人铅中毒问题研究》这样专门讨论新问题的小册子。谁都想学得养身之道，普鲁斯特医生的众多著述均出之以简洁生动、通俗易懂的文字，因此在读者中享有盛誉。说他是养生手册一类书籍的鼻祖和大师，想来他不会觉得是辱没了他。

他最成功的养生手册名为《卫生诸要素》，1888 年出版，配有丰富的插图。该书专为少女而写。当时的法国方经一个世纪的战乱，人丁稀少，大家都认为，少女担负着为法兰西制造新一代强壮公民的重任,亟需健康方面的指导。

健康生活方式之日渐受到关注,正始于普鲁斯特医生的那个年代。这位名医的诸多建议颇有洞见,找几条看看,也许大有好处。

普鲁斯特医生教你健康之道

(一)背痛

背痛几乎都是由不良的姿势引起。少女做针线活时须注意,不可身体前倾,不要两腿交叉,也不要用低矮的桌子。矮桌子会压迫

二　读书为己

至关重要的消化器官，妨害血脉畅通，且会使脊椎过于紧张。上页的插图即警示了问题所在。正确的坐姿当如下图中的这位女士。

（二）紧身胸衣

普鲁斯特医生并不掩饰对这类时髦玩意儿的厌恶，他把穿紧身胸衣说成是自毁、变态（他担心有人会将苗条和魅力混为一谈，曾给过一个重要的界说，他提醒读者："瘦削的女人与苗条的女人是不同的概念"）。为了警告那些禁不住紧身胸衣诱惑的女孩，他以一张图示来说明紧身胸衣对脊椎之害。

逝水年华　拥抱

How Proust Can
Change Your Life

015.

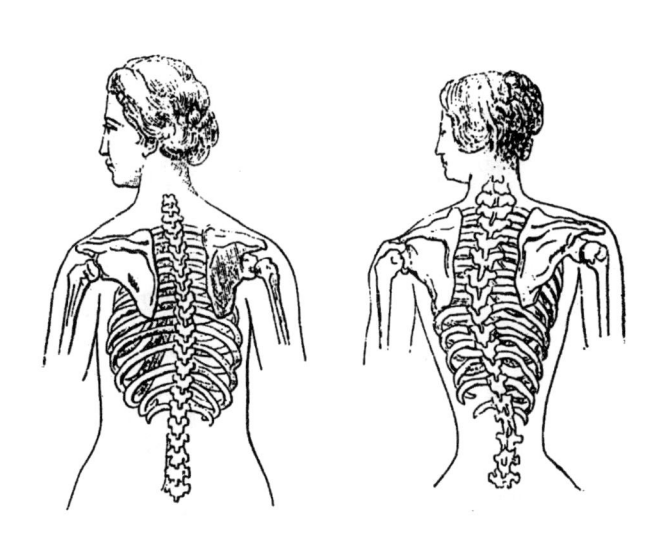

（三）锻炼

二　读书为己　　　　　　　　　　Alain de Botton

016.

　　普鲁斯特医生建议，与其借助人为的招数假扮苗条，不如常常锻炼。他举了些简便可行的例子，比如，从墙上跳下；边跳跃边旋转；摆动手臂；单腿支撑，保持平衡，等等，等等。

逝水年华　拥抱

How Proust Can
Change Your Life

017.

二 读书为己　　　　　　　　　　Alain de Botton

　　有这么一位精于健身指导，从紧身胸衣到缝纫姿势都说得头头是道的父亲，马塞尔还想以自家的创作与《卫生诸要素》的作者一较短长，实在有点自不量力，若非出语轻率，那就只能说他太不知天高地厚。不过，且慢责备他的轻狂，我们先得问问，是否真有什么小说，具有治病疗伤的功用？小说这玩意儿是否真比乡间漫步、阿司匹林、干邑马爹利更能缓解痛苦？

　　若是不那么吹毛求疵，我们可以下定义说，小说乃是对现实的逃避。要离开熟悉的环境去远游，在火车站的报摊上买本平装书翻翻，也许不失为一乐（普鲁斯特恰恰就说起过，"我也曾希望自己拥有更大的读者群。我所谓的读者就是那些临上火车买上一本糟糕印刷品供路上解闷的人"）。登上火车的那一刻，我们便已从千篇一律的生活中脱身出来，进入到一个令人愉快的世界——至少新鲜感是让人愉快的。我们偶尔会停下来，看看窗外的景色，手里那本印刷拙劣的书还摊着，也许书里正写到一位戴单片眼镜的男爵怒气冲冲走入客厅。直到旅途终了，长鸣的汽笛、刺耳的刹车声方又将我们带回到现实之中，火车站向我们提示现实的世界，我们看见一大群青灰色的鸽子在废弃的糕饼屋前懒洋洋地啄食。（不过普鲁斯特的女仆塞丽斯蒂倒是有过一番不失有益的告诫，她在一篇回忆中说，别对普鲁斯特的小说太起劲，他的小说可不是供火车上消磨时间的。）

　　用小说助人遁入另一世界诚然愉快，但这并非对待这种文类的惟一方式。至少它绝非普鲁斯特的方式，当然另一点也是无须说的，以小说为消遣，肯定无法助他实现他对塞丽斯蒂表白的胸中抱负——追上父亲的成就。

要了解普鲁斯特关于读书的见解，也许我们最好是去看看他如何欣赏绘画。他的朋友吕西安·都德在他死后写过一篇文章，追述与他在一起的时日，其中就提到他们的卢浮宫之游。普鲁斯特观画时有个习惯，他总是喜欢将画中人拿来与他生活中的什么人作比。都德描述道，他们走进了一个挂有多米尼克·吉兰达奥画作的展馆，观赏一幅题为《老人与男孩》的画。此画作于1480年，画中的老人神态慈祥，鼻尖上有几粒瘤。

普鲁斯特看了一会，转身对都德说，这老者画得简直与马奎斯·德·劳侯爵一模一样。

马奎斯·德·劳侯爵是当时社交圈的名人，从一幅十四世纪末的意大利肖像画中认出一位十九世纪末的巴黎绅士，真是匪夷所思。巧的是，马奎斯有张照片还在，照片中的马奎斯与几位盛装的女士坐在花园里，那些女士的衣服怕是要五个女仆伺候才得上身。马奎斯头戴高帽，身穿深色礼服，袖口佩着链扣。虽说一身十九世纪的装束，照片拍得又不高明，马奎斯与意大利文艺复兴时期画家吉兰达奥笔下那位鼻上长瘤的老人还真是像得出奇，看上去直如老人失散几个世纪、远隔几个国度的兄弟。

二　读书为己　　　　　　　　　　　　　　　Alain de Botton

020.

How Proust Can
Change Your Life

021.

　　普鲁斯特发现了在生活于迥异的世界中的人之间建立起视觉联系的可能性。这种可能性恰可为他下面的主张做注："从审美的角度看，人的类型实在有限，以致我们定然到处会有不断认出熟人的快乐。"

　　这样的快乐并非单纯是视觉上的：既然人的类型有限，我们就可能一再不期然地读出我们认识的人，频生似曾相识之感。

　　比如，《追忆逝水年华》第二册中，叙事者造访诺曼底海滨度假胜地巴尔贝克，在那里他遇见并且爱上的女子我就似曾相识。

二　读书为己

这个叫阿尔贝蒂娜的年轻女子双颊丰满，肤色发暗，言动轻浮，笑眉笑眼，常喜戴顶黑色的马球帽。且看普鲁斯特怎样写她说话时的神情腔调：

阿尔贝蒂娜说话时，头部保持不动，鼻翼紧缩，只活动双唇，结果是带着鼻音，拖腔很重。这种声调的组成部分里，可能有外省遗传、年轻人故意模仿英国人的冷漠和外国女教师上课，以及鼻粘膜充血性肥大等各种因素。这种腔调，待她对人了解更深，自然而然又变得孩子气时，很快就消退了。这声调本来可以叫人觉得很不舒服，可是又很有风味，令我着迷。每当一连数日没有与她见面时，我就心浮气躁起来，一面还用她说这话时那种鼻音很重的腔调，人站得笔直，头部一动不动，自己反复说："从来没见过你玩高尔夫球。"这时我便认为没有什么人比她更适合我的心意了。

有些文学作品中的虚构人物被作家写得活灵活现，常让我们阅读时禁不住想起现实生活中的熟人，二者常常出乎意料地相像。且举一例，读到普鲁斯特笔下的德·盖尔芒特公爵夫人，我就没法不想起我前任女友五十五岁的继母的模样，虽说她不讲法语，不是贵族，现住德汶岛，且根本不像公爵夫人那样多疑。此外，普鲁斯特笔下那位羞涩内向、优柔寡断的学者萨尼埃特也让我浮想联翩，此人常要掩饰真情，他向叙述者询问可否到他下榻的酒店拜访，说话的口气却居高临下，透着矜持。我念大学时有个老熟人菲利普就是这副嘴脸，这位老兄有个毛病，他决不容自己落到遭人拒绝。

"这几天我也许要去巴尔贝克一带，你该不会有事吧？你有事也没什么，我不过是随便一问。"萨尼埃特这样对叙述者说话，那腔调与菲利普约我晚上出去时的口气何其相似。我还在普鲁斯特笔下的吉尔贝特身上找到了朱丽娅的影子，我十二岁滑雪度假时遇见了她，她两次邀我喝茶（她慢慢吃着油酥千层糕，糕屑掉在她的印花衣服上），圣诞夜我吻了她，此后就再没见过面，因为她家在非洲。要是她童年的愿望得以实现，那她现在就该在那边当护士了。

普鲁斯特说得不错："读小说而不从女主人公联想到自己恋人的某些特征，简直就不可能。"想象一下在巴尔贝克海滨漫步的阿尔贝蒂娜吧，那双满是笑意的眼睛，那顶黑色的马球帽——多像我的女友凯特！凯特倒是没读过普鲁斯特，她喜欢乔治·艾略特，劳碌一天之后，没准还会翻翻《嘉人》杂志。

我们阅读的小说与我们生活之间的这种密切联系，也许正是普鲁斯特说出下面这番话的原因：

在现实生活中，哪怕正读着小说，每个读者也还是他原来的那个自己，但是作家的作品如同透镜，作家借助它就能让读者获得从

凯特 / 阿尔贝蒂娜

未有过的经历，没有这本书，读者也许永远不会有这样的体验。而读者从书中得到的体验，恰是作品真实性的明证。

但是，读者为何还要做原来的那个自己？为何普鲁斯特写小说也像他逛博物馆一样，那么喜欢强调现实中的我们与艺术作品之间的联系？

答案是，建立这种联系乃是艺术实现对人生有益影响（而非只是让我们逃避现实）的惟一方式。且将这方式称为"德劳现象"吧。"德劳现象"带来诸多好处，它让我们获得了种种可能性——

从阿尔贝蒂娜身上认出凯特，从吉尔贝特的身上认出朱丽娅，泛而言之，从火车站报摊前掏钱买廉价读物的人群中认出我们自己。

"德劳现象"之益

（一）去到哪里均如重游旧地

我们会因普鲁斯特从四百年前的肖像画中认出了熟人而大感惊讶，这一事实说明，要让人们相信人之相似相通，实非易事。正如普鲁斯特所言：

过去时代的人们似乎遥不可及。从他们身上发掘出任何他们自己未曾宣之于外的东西，我们都会不以为然。如果在目下的生活中偶或体验到类于荷马式英雄的激情，我们就会感到不自在……我们想象荷马史诗……就像我们在动物园里隔着老远看狮子老虎。

这样的反应，应属正常——既然我们初识《奥德赛》中的人物，第一反应就是冲着他们瞪大双眼，好像他们是市立动物园栏杆后一群来回打转的鸭嘴兽。想到有个胡须浓密、不怀好意的家伙站在一群整个古人装束的友人中间开口发话，我们的惶惑也不会少到哪儿去。

但是与荷马、普鲁斯特们相识既久，我们终于得益。我们发现，那个看似凶险万分的世界，本质上与我们的世界真的非常相似，与我们生活的时间、空间竟尔相接。既然如此，我们不妨将动物园的栅栏尽数拆除，让那些深陷特洛伊战争或圣日耳曼之战的生灵们重享自由。只因他们尽叫"尤里克来亚"、"泰勒马修斯"之类的怪名字又不会发传真，我们就不待见，现在想来真是毫无道理。

（二）疗救孤独

我们也应把自己从动物园里释放出来。不论何时何地，一个人对于何为"正常"的感觉常系于外在的"正常"标准，即行为的合度。小说人物的经验则将人类的行为推向了极致，从而提示我们，在现实环境中未能道出的思想和感受，并非不可理喻。因发现恋人整个晚餐心神不属而负气拌嘴吵了一通之后，听听普鲁斯特的叙述者向我们招供，或许是一种安慰："一发现阿尔贝蒂娜对我不好，我就对她大光其火，而不对她说我心里多难受。"又道："只有在离不开她时，我才会跟她闹着要分手。"听罢这番表白，我们会觉得自己热恋时的任情使性，似乎并不像鸭嘴兽的行径，古怪到莫名其妙。

"德劳现象"还可使我们感到自己不再孤独。若是你的恋人温柔无比地对你说，她想多点时间一个人呆着，那意味着她要跟你拜拜了，值此失恋时分，躺在床上，看看普鲁斯特的叙述者如何提炼出这样的警句，真是莫大的安慰——"恋人分手之际，还能把话说得平和得体的，肯定是已然变心的那一个"。看到小说中的人物（妙的是，阅读时那些人物仿佛就是我们自己）和我们一样受苦受难，并且遭此大难还能继续活着，我们是何等惬意！

（三）触摸心灵

小说的价值不限于将我们生命中熟悉的情感和人事一一描绘，小说还可将这一切写得入木三分，让我们体验到似曾相识却又无法表达的种种感受，对此我们惟有赞叹。

我们也许有盖尔芒特公爵夫人那样的熟人，且能够觉察到她神情的倨傲和优越,但也只是隐约模糊的感受,直到普鲁斯特借括号中的文字点明她在晚宴中的举动,我们方才知其为人。这次奢华的晚宴上,有位德·加拉东夫人不识眉眼高低,竟对盖尔芒特公爵夫人直呼其名(公爵夫人又名奥莉安·德·洛姆):

"奥莉安。"(德·洛姆夫人立刻两眼向天,对着冥冥中似乎存在的某个第三者面作惊惧、嘲弄之色,好像在请他做证,她可没让德·加拉东夫人如此放肆,直呼她的教名)……

读这样一本刻意求工,写来婉妙而又犀利的书,其结果就是,或许我们合上了书页就会到自己的生活中去细察、寻思被作者写得活灵活现、宛如就在身边的人与事。我们的内心如同新调试过的雷达,在捕捉漂荡于意识之上的浮物,那情形就像你图清静带着收音机走进一间空屋,却发现收音机里只有一个特别的频率是清楚的,满屋子都是发自乌克兰电台的声音,或是某个出租车中心的午夜闲聊节目。于是你的思绪开始四处游走,看看日影移动,注意一张表情丰富的脸,想想某个朋友的虚情假意,说不定还会为什么事情一阵说不出的悲哀袭上心来,而此前你甚至不知道自己会为此动情。总之,书以其充盈的感性刺激着我们麻木的神经,让我们变得敏感起来。

惟其如此,普鲁斯特才会如此向读者进言:

读天才作家的新作，我们会欣喜于种种的发现，我们在书中找到了我们自感羞惭的念头，我们压在心底、不敢表露的快乐和忧伤——一句话，我们发现了一整个我们曾经鄙薄不屑的情感世界。恰是这书教我们领略这世界的价值，让我们幡然猛醒。

说这话时普鲁斯特很低调，他倒没将自己的小说归入其中。

三 优哉游哉

普鲁斯特的作品诚然不同凡响，不过最狂热的崇拜者也不得不承认它有一大毛病——这书实在长得没边。如他弟弟罗贝尔所言，"要想读《追忆逝水年华》，先得大病一场，或是把腿摔折，要不哪来那么多时间？"但是诊出肺结核或断腿打了石膏躺在床上，得了闲工夫的人又须迎接新的挑战，那就是普鲁斯特式的冗长句子，它们盘曲缠绕，如同长蛇。最长的句子出在第五册，要是以标准印刷字体排成一列，差不多要有四米长，足可围着酒瓶底部绕上十七圈：

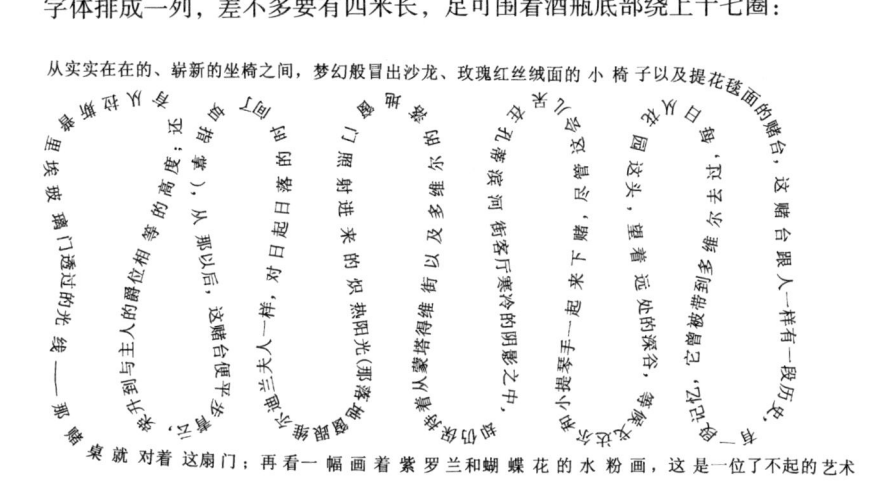

从实实在在的、崭新的坐椅之间，梦幻般冒出沙龙、玫瑰红丝绒面的小椅子以及提花毯面的牌台，这牌台跟人一样有一段历史……就对着这扇门；再看一幅画着紫罗兰和蝴蝶花的水粉画，这是一位了不起的艺术

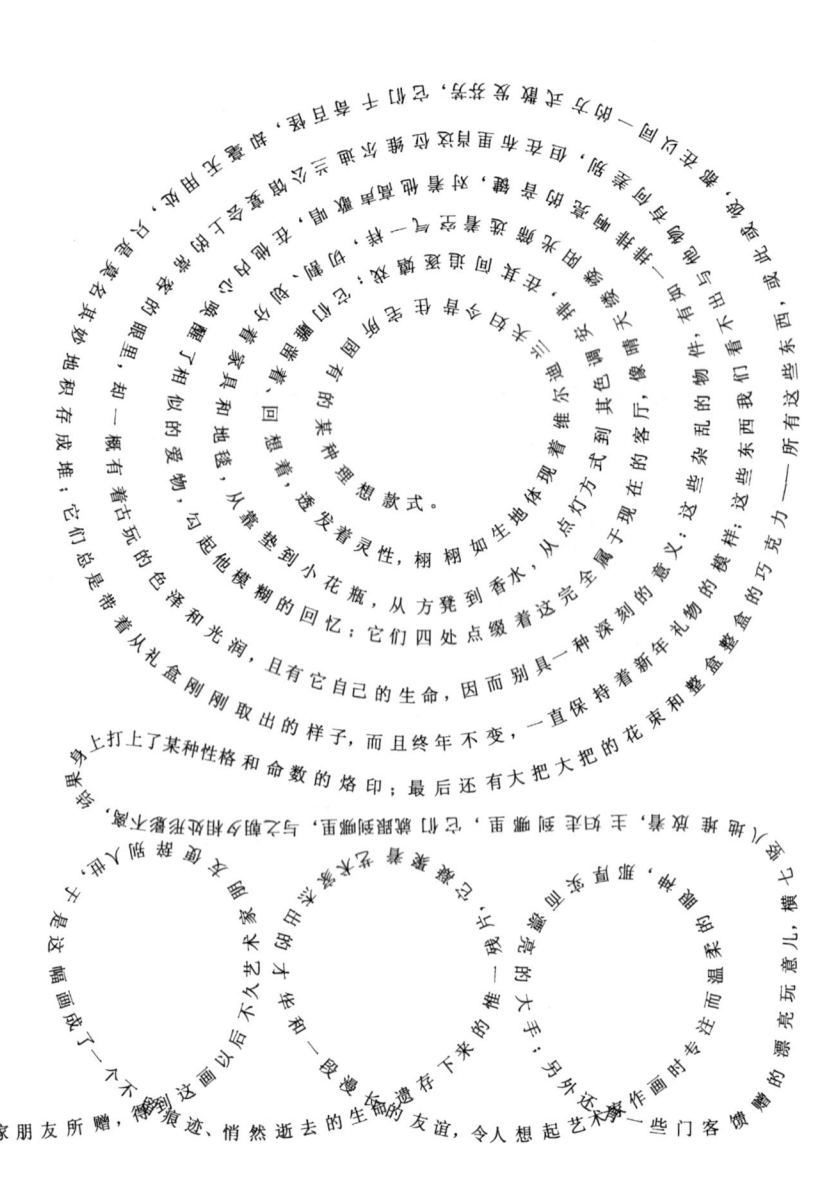

032.

家朋友所赠，得到这画以后不久艺术家朋友便辞别人世，于是这幅画成了一个不磨的痕迹、悄然逝去的生命遗存下来的唯一残片，它凝聚着艺术家杰出的才华和一段漫长的友谊，令人想起艺术家作画时专注而温柔的眼神，那厚实而漂亮的大手；另外还有一些门客馈赠的漂亮玩意儿，横七竖八地堆放着，主妇走到哪里，它们就跟到哪里，与之朝夕相处形影不离，结果身上打上了某种性格和命数的烙印；最后还有大把大把的花束和整盒整盒的巧克力——所有这些东西，或此或彼，都在以同一的方式散发芬芳，它们千奇百怪，却毫无用处，只是莫名其妙地积存成堆；它们总是带着从礼盒刚刚取出的样子，而且终年不变，一直保持着新年礼物的模样；这些东西我们看不出与他物有何差别，但在布里肖这位维尔迪兰公馆宴会上的常客的眼里，却一概有着古玩的色泽和光润，且有它自己的生命，因而别具一种深刻的意义；这些杂乱的物件，有如一排排响亮的音键，对着他高声歌唱，在他内心唤醒了相似的爱物，勾起他模糊的回忆；它们四处点缀着这完全属于现在的客厅，像晴天缕缕阳光筛选着空气一样，切割、划分着家具和地毯，从靠垫到小花瓶，从方凳到香水，从点灯方式到其色调安排，在其间追逐嬉戏；它们雕凿着、回想着、透发着灵性，栩栩如生地体现着维尔迪兰夫妇今昔住宅所固有的某种理想款式。

阿尔弗莱德·安布罗从未见识过这样的玩意儿。他是享有盛名的奥兰多夫出版公司的头儿，还在1913年初，作家罗贝尔就请他考虑普鲁斯特的书稿。罗贝尔与这家出版公司有合作关系，一直在促成普鲁斯特作品的出版。

安布罗匆匆翻了翻小说的开头，眼里满是疑惑。"我亲爱的朋友，恕我眼拙，"他答复道，"我实在搞不懂，这家伙干吗花了三十页纸写他在床上翻来覆去睡不着觉？"

真是无独有偶，几个月前，法斯盖勒出版社请的审稿人雅克·马德莱也读过这捆书稿。"七百二十多页读下来，"他说道，"不知因摸不着头脑叹了多少回气，因终不见了局发了多少回烦，到头来还是一头雾水，没一点头绪。整个不知作者在写什么。到底是什么意思？作者究竟是何用意？天晓得！实在不知对这本书说什么好。"

不过马德莱还是就前十七页的内容写了个梗概："有个人患了失眠症。他在床上翻来覆去，睡意蒙眬间，昔日的印象和幻象浮上心来，这里面有些就是写他小时与父母住在贡布雷时如何深更半夜还难以入睡。老天爷！写了十七页！有个句子（第四页末至第五页）居然有四十四行。"

其他的出版社反应也差不多。无奈之下，普鲁斯特只好自

034.

已掏钱出书（几年后他则可以拿那些因错失良机追悔致歉的商家寻开心了）。但是指责此书繁缛冗长、难以卒读的，仍大有人在。1923 年底，《追忆逝水年华》已然名声大噪了，普鲁斯特还收到过这样一封信，写信的是个美国人，她说自己芳龄二十七，现居罗马，生得花容月貌，三年来她诸事不问，专心拜读他的大作。不过她有一事见告："我就是读不懂，一点也不懂。亲爱的普鲁斯特先生，您就不要阳春白雪，下里巴人一回吧。请用两行字告诉我，您到底想说些什么。"

这位罗马佳丽的沮丧很说明问题：普鲁斯特的拿腔作调有违关于长度的一个基本法则，该法则规定，表现某种经验，自有合适的字数，其长短与欲表现者正相匹配。普鲁斯特的问题不在写得太多，而在他总是抛开主题，没完没了地扯闲篇。睡觉？两个字就结了；主人公闹肚子或是接下去写院里的一只德国牧羊犬在下崽？四行足矣。但是普鲁斯特的假门假式不光在写睡觉时发作，不拘写晚宴、诱惑还是嫉妒，他总是会旁逸斜出，离题万里。

"全英普鲁斯特梗概大赛"的灵感就是从这儿来的，这节目由蒙蒂·派尚在南部的一处海滨度假胜地主持，大赛要求参赛者在十五秒钟以内概述七巨册的《追忆逝水年华》，身着泳装和礼服上场交卷。第一个参赛者是来自卢顿的哈里·巴格特，他匆匆交上了下面的几行字：

逝水年华 拥抱

How Proust Can
Change Your Life

普鲁斯特的小说显然写的是时间的一去不返，无知与经验，以及对恒久价值、对重获时光的强调。小说最终是乐观的，同时又放在了人类宗教经验的背景上。在第一册中，斯万去拜访……

此时十五秒钟已到，不能再写了。"很好，"节目主持人有几分勉强地说，"可惜他由对作品的总评开始，未及进入细部。"他对该选手感谢了一通，又对他的泳裤恭维一番，而后就让他鞠躬走人。

虽说这人栽了，整个大赛还是让人充满希望，十五秒内搞掂普鲁斯特，将洋洋洒洒七大本的内容缩为梗概，而且不走样、不弄到鸡零狗碎，并非不可能。只要有一个应征者，就算大功告成。

普鲁斯特拿什么当早饭？病重之前的惯例是两杯极浓的牛奶咖啡，外加一块羊角面包。咖啡盛在镌有他姓名缩写的银壶里，他喜欢在过滤器中装满咖啡，让水一滴一滴滤过。面包则是让女仆专门到一家糕饼屋买来，就这家店做的面包松脆可口，恰到好处。普鲁斯特就这么将羊角面包泡在牛奶咖啡里慢慢吃着，一边开始读来信，看报纸。

对看报这事，普鲁斯特可谓爱恨交加。在十五秒内压缩七大

036.

本的小说诚然非比寻常，可就每天都须出报，就内容繁多而言，报纸要做的压缩工作恐怕尤有过之。每天报上的内容都足可写上厚厚二十大本，却不得不压缩成寥寥数行，去同一大堆曾经大红大紫而今没颜落色的故事争夺读者的眼球。

普鲁斯特写道：

读报这事让人生厌，又让人欲罢不能。谢天谢地——过去的二十四小时里天底下出了那么多的事儿：死了五万人的战争，谋杀、罢工、破产、失火、离婚、投毒、自杀，政客与戏子的无情……对我们这些看客，种种的不幸与灾难皆化为一顿可口的早餐，再配上点燜情的牛奶咖啡，火爆刺激，真是妙不可言。

我们本想将这些简无再简的消息看个仔细，老想着再呷一口咖啡的念头却不免让我们心神不属，何况那版面上此时又落了不少面包屑。当然，这也不打紧，报道将事情压缩得越厉害，我们似乎就越不必为弄清事情的原委劳神费心。忘掉五万人死于战火，叹口气把报纸搁过一边，在枯燥的日常生活中来上那么点淡淡的忧郁，想想其实一天里什么事也没有，心里何等轻松。

但这不是普鲁斯特的方式。我们从吕西安·都德不经意的议论中看到的，是普鲁斯特完整的哲学，他的这套哲学不单关乎阅读，而且关乎人生：

他读报非常仔细，甚至连新闻摘要都不放过。他的想象和虚构本事实在了得，一则新闻提要到他这儿可以化为一部或喜或悲的长篇小说。

《费加罗报》普鲁斯特每天必读，该报的新闻提要，胆小的人看了，真得犯心脏病。1914年的某个早晨，读者可在报上看到下面这些内容：

在维尔邦涅大街繁忙拥挤的路口，一匹马突然撞上一辆有轨电车的后部，结果电车翻倒，三位乘客受重伤，被送往医院。

在奥贝一家变电站工作的马塞尔·佩热尼先生在向朋友介绍电站情况时，手指不慎碰到高压电线，当场身亡。

当教师的居勒·雷纳尔先生昨在地铁共和国站以左轮手枪对准胸口，开枪自杀。据称雷纳尔先生患上了不治之症。

难道这样的新闻也能生发出悲剧性或喜剧性的小说？居勒·雷纳尔？这位左岸女子中学的化学老师婚姻不幸，原就患有哮喘，又被诊断得了直肠癌，听上去颇似巴尔扎克、陀思妥耶夫斯基，或是左拉笔下的人物。触电身亡的马塞尔·佩热尼呢？他那么热心地向朋友显摆电器设备知识，终以身殉，乃是为了促成

三 优哉游哉

038.

儿子的婚事：他那兔唇儿子塞尔吉看中了朋友不穿紧身胸衣的女儿玛蒂尔德。维尔邦涅大街的那匹马呢？它会一个跟头翻上电车，怕是在怀念过去参加障碍赛的好日子，要不就是在为前些天集市上被撞死的兄弟报仇，人真可恶，竟将它兄弟做成了马排——这故事写成专栏小品颇为相宜。

关于普鲁斯特的借题发挥的本事，还有一更严肃正经的例子。1907年1月，他正读报间，忽被一头条新闻摘要"疯狂的悲剧"吸引。出身中产阶级的年轻人亨利·梵·布莱伦伯格"疯病发作"，用厨刀刺死了母亲。他母亲惊呼："亨利，亨利，你对我干了什么？"双手伸向天空，倒在地板上。亨利随即将自己反锁在房间里，想用那把厨刀割喉自杀，却找不准血管，于是又拿了把左轮手枪对着太阳穴扣动了扳机。但他玩枪也是个生手，警察（其中有一位碰巧也叫普鲁斯特）赶到现场时发现他在自己房间的床上，脸上血肉模糊，一只眼球悬于眼眶外，与满是鲜血的眼窝似断似连。警察向他询问躺在外面的母亲是怎么回事，他未及说完即一命呜呼。

倘若与案犯是陌路之人，普鲁斯特对这报道也许扫上几眼，深呷一口咖啡，便即放过。偏偏他与这位温文尔雅、多愁善感的亨利·梵·布莱伦伯格在几次宴会上见过面，有过几次书信往还，就在几个星期前，还收到过他的信，信中布莱伦伯格询及他的健康，悬想新年二人运气如何，且希望他们不久即能再度见面。

阿尔弗莱德·安布罗、马德莱和那位定居罗马的美女读者或许都会下此判断：对此骇人听闻的罪案，最相宜的文字表述是一二惊叹之语。普鲁斯特则整整写了一篇满满五页纸的文章，将这个眼球悬于眶外的厨房惨剧放到更大的背景上细加探究。他不肯仅仅将此故事看作一桩闻所未闻、难以置信的凶杀案，宁将其视为人性中固有悲剧因素的又一显例，而自古希腊迄今，人的悲剧性恰是西方众多伟大作品的中心主题。在普鲁斯特看来，亨利弑母时的疯狂一如埃阿斯杀心顿起，令希腊羊倌及羊群惨遭杀戮时那莫名的愤怒。亨利就是又一个俄狄浦斯，亨利眼球悬于眼眶之外，俄狄浦斯以取自其母（亦其妻）伊俄卡斯特死时衣上的金扣刺瞎自己的双眼，二者正相仿佛。亨利看着母亲死去想必会感到心痛欲绝吧？这情景让普鲁斯特联想到抱着考狄莉娅尸身痛哭的李尔王，彼时李尔王哭喊道："她永远去了。她已归于尘土。再不会，再不会活过来了！为什么狗、马、老鼠之类都还活着，你却再无一点呼吸？"当警官诘问奄奄待毙的亨利之时，作家普鲁斯特却感到自己就像《李尔王》剧中的肯特，正在让爱德加别去惊动意乱神迷的李尔王："别打扰他的灵魂，哦，随他去吧。"

这一番引经据典并非只是卖弄学问（尽管普鲁斯特碰巧说过

040.

这样的话:"若是别人的说法较自己苦思冥想所得更有意思,断不可错失良机,拒不引用"),我们毋宁认为,这是引导人们思索弑母惨剧背后深意的一种方法。对普鲁斯特而言,梵·布莱伦伯格对每个人均有启迪意义,我们不能以为事不关己,全然置身事外而遽下判断。也许我们只不过是忘了给母亲寄生日贺卡,然当听到梵·布莱伦伯格夫人"你对我干了什么?!你对我干了什么?!"的呼号,隐隐的罪恶感也会油然而生。"'你对我干了什么?!你对我干了什么?!'——如果于此深思,"普鲁斯特写道,"我们或许会发现,惟有深爱儿子的母亲,才会在濒死之际,如此深切、绝望地责备儿子。事实是,随着时光推移,我们往往会以我们的关爱,以我们令他们承受的忧虑和不时的惊恐,将所有爱我们的人均置于死地。"

经这样一番生发,一个看似并不比本埠消息中寥寥数行的花边新闻更起眼的故事,竟可进入悲剧史,走入母子关系的普遍主题,而它竟能唤起我们复杂的同情。须知这样的同情人们通常只给予舞台上的俄狄浦斯,为一则早报上的凶杀案唏嘘不已乃至大惊小怪,则被认为是过于滥情。

于此我们也就知道,人类的经验是多么微妙脆弱,经不起半点删削压缩,这样的经验原本可以成为明确的路标,引导我们走出迷途,而人们却是那样漫不经心,随手即将其弃置一旁。事实上，许多文学作品和戏剧就其题材而言，与早报上的花边新闻大同小异，若是取了花边新闻的形式，最初又是在餐桌边读到，我们会毫无反应，而这些作品恰恰早已被证明是根本无法删削压缩的。

维罗纳一对年轻恋人的惨剧：一青年男子误认恋人已死，自杀身亡。其恋人苏醒后见情人一命呜呼，亦以身殉。

俄国一年轻母亲因家庭纠葛投轨自杀。

法国外省一年轻母亲因家庭问题饮药身亡。

——此等消息实在平淡无奇。然而莎士比亚、托尔斯泰、福楼拜等却以其卓越的艺术告诉我们：即使琐碎如花边新闻中的罗密欧、安娜·卡列尼娜、包法利夫人故事，亦有深意存焉。只要脑子正常，任何人皆可从中看出，这是些配得上伟大作品、有资格登上环球剧院舞台的人物，而一眼望去，这些人物与维尔邦涅大街冲向电车的那匹马，与奥贝那位触电身亡的佩热尼先生，似乎毫无差别。由此普鲁斯特宣称，艺术作品是否伟大与其取材如何毫无关系，而与对题材的处理则息息相关。进而他还断言，以艺术的眼光，即芥子之微亦可见须弥之大，我们会发现，甚至报上的一则香皂广告，也可以像帕斯卡尔的《沉思录》一样，令人回味无穷。

042.

布莱兹·帕斯卡尔生于 1623 年，自小即被目为天才（并非仅仅是其显贵的家族自相标榜）。二十岁时他已弄通欧几里得的三十二条定理，继则穷究数学，测算大气压力，制作计算器，设计公共马车。染上肺结核之后他还写了一部为基督教辩护的格言集，这部语带悲观却文采斐然的书，即是鼎鼎大名的《沉思录》。

《沉思录》的价值不言而喻，我们从中获得启示也丝毫不必惊讶。此部大作在文化史上自有其不可动摇的地位。它令我们生出此想：若是掩卷之后仍不晓其价值，应责备的不是作者，而是我们自己。当然《沉思录》的妙处我们还是看得出，因为此书所论具有普遍意义，文字引人入胜且有某种现代的简洁。"我们并非总是挑那些出身高贵者当船长。"——有一则格言这样写道。这是对世袭贵族的抗议，如今我们自不难欣赏其中的冷嘲热讽，而在帕斯卡尔的时代重门第而不重才能，此种言论真称得上惊世骇俗。帕斯卡尔在此一语双关，以航海喻政治，不动声色地讥刺了某些人仅因出身世家即能身居高位的陋规：出身贵胄者或许会反唇相讥，就算他们连乘法口诀都拎不清，到了七乘几便一筹莫展，他们命中注定还是会独揽大权，你又奈何？——帕斯卡尔时代的读者也许会惧于此等盛气凌人的声势，不敢与之争辩；但若是有位对航海一窍不通的公爵要充船长领他们过好望角，再以类似的说词作论据，他们恐怕多半就不会逆来顺受，听之任之了。

再来看看普鲁斯特说的香皂广告吧。这离帕斯卡尔引我们进入的精神领地何其遥远！画中的长发美人喜不自胜，一念全在香皂。但见她手捧前胸，身边即是铺了软垫的首饰盒，盒中与项链在一处的，居然是码得整整齐齐的香皂。

肥皂泡予人的快感当真能与帕斯卡尔《沉思录》予人的启迪相提并论？这似乎不大说得通。当然也非普鲁斯特本意。他只是告诉我们，即使微末如香皂广告者，也可成为我们沉思的起点，由此直趋深处，其所获或者不下于《沉思录》中那些已然充分表达、充分展开了的思想。此前我们不会对肥皂之类遥想深思，也许是由于

三　优哉游哉　　　　　　　　　　　　　Alain de Botton

044.

因循的观念，这种观念认定思想只可见于此，不可见于彼；也许是起于心灵的麻痹，岂不知正是心灵的力量指引福楼拜将一则少妇自杀的花边新闻升华为《包法利夫人》，也正是心灵的力量令普鲁斯特在他那部巨著的开头就睡意蒙眬的状态整整写了三十页。

普鲁斯特之耽于深思，我们于有关他阅读的另一事例中亦可见一斑。他的朋友莫里斯·多布雷告诉我们，当其难以成眠之时，马塞尔最喜欢读的，竟是火车时刻表。

Numéro de train		88101	88045	88047	3131	13161	3133	3139
Notes à consulter		1	2	1	2	3	1	2
Paris-St-Lazare	D				06.42	07.39	07.55	09.15
Mantes la Jolie	D				|	08.11	|	|
Vernon (Eure)	D				07.23	08.24	|	|
Gaillon-Aubevoye	D				|	08.34	|	|
Val-de-Reuil	D				|	08.46	|	|
Oissel	D	05.56			|	08.56	|	|
Rouen-Rive-Droite	A	06.12			07.56	09.08	09.04	10.26
Rouen-Rive-Droite	D		06.20	06.50	08.00	09.10	09.06	10.28
Yvetot	A		06.48	07.26	08.20	09.34	09.26	10.48
Bréauté-Beuzeville	A		07.08	07.46	08.35	09.48	|	11.02
Le Havre	A		07.24	08.15	08.51	10.04	09.51	11.18

1. Circule: tous les jours sauf les dim et fêtes.
2. Circule: tous les jours sauf les dim et fêtes –
3. Circule: les dim et fêtes.

火车时刻表

逝水年华拥抱

How Proust Can
Change Your Life

045.

　　普鲁斯特在其生命的最后八年根本不可能离开巴黎，对这样一个病人，关心圣拉扎尔车站的火车何时发车，可说毫无意义。然而普鲁斯特不仅读，而且还读得津津有味，如同那是一部写乡间生活的引人入胜的小说。单是时刻表上外省火车站的站名，即足以引他浮想联翩，据此他能想象出一个鲜活完整的乡间世界：农舍里家庭生活的活剧，乡下官吏的胡作非为，以及田间的劳作。

　　普鲁斯特辩称，如此陶醉于随心所欲的阅读，正是作家的典型特征，惟真正的作家才会对那些看似与伟大艺术了不相关的东西深感兴趣，流连忘返。作家正是这样一些人，对他们而言——

　　不拘外省剧场一场拙劣透顶的音乐演出，或是高雅之士以为可笑之极的晚会，都能唤起回忆，且引人心醉神迷，浮想联翩，大剧院上演的大戏或圣日耳曼区举行的迷人晚宴则未必有此效果。在雅人看来，火车时刻表不过是不得已翻翻的印刷品，然而对他而言，火车时刻表上北方铁道站的站名却远比皇皇哲学巨著更有意思，这表上满是些他从小到大没听说过的地名，他喜欢想象自己在某个秋日的傍晚到了某个车站，下了火车，时已深秋，木叶尽脱，空气里弥漫着秋天清冷的气息。高雅之士不免要出言相讥：才华过人而耽读此类垃圾，真是愚不可及。

　　——纵使不能说"愚不可及"，也总是大悖常理吧。刚认识普鲁斯特的人，常会产生这样的印象。普鲁斯特往往会问生活中一些细枝末节的问题，诸如日常用品广告、巴黎到勒阿弗尔的火车时刻表之类，但有谁没事干，尽琢磨这些没要紧的事？

1919年，年轻的外交官哈洛德·尼科尔森在里兹饭店的一次晚宴上经人介绍，与普鲁斯特相识。其时一战刚刚结束，尼科尔森作为英国代表团的成员，随团参加巴黎和会。他对自己的使命颇感兴趣，然而他发现，普鲁斯特对此事的兴趣较他尤有过之。

在日记中，尼科尔森记下了那天的晚宴：

一次盛宴。普鲁斯特面色苍白，脸形瘦长，胡子没刮，不修边幅。他不住地问我问题，让我告诉他会上工作是怎样进行的。我说："是这样。通常我们是十点开会，身后是秘书……"他马上说："请别，请别，这样说太快了。从头说吧。您乘的是代表团的车。您在外交部下车。而后沿楼梯而上。接着您来到大厅。好吧，接着说。请精确一点，我亲爱的朋友，请精确一点。"于是我只好事无巨细，一一道来。什么装模作样的外交礼节，什么握手寒暄，地图，翻动文件发出的声音，隔壁房间里的茶水，杏仁饼干……总之什么都说到了。他听得津津有味，不时还要插上一句："精确一点，我亲爱的先生，请别太快。"

"别太快"似乎是普鲁斯特的口头禅。"别太快"的好处是，当我们玩味事情的过程时，这个世界会变得更有意思。尼科尔森原本三言两语就将早上的事交待了（"是这样，我们一般十点钟开会"），现在则说到了握手、地图、翻动文件发出的声音，说到了杏仁饼干。那杏仁饼干尤其值得一提，它可视为普氏"别太快"之说的一个极好的象征——如果我们行色匆匆，就不可能留意到它诱人的香味。

少一点贪欲，多一点体察，放慢了脚步的我们就会变得更有同情心。再想想那位不知所措的梵·布莱伦伯格，我们提起那桩弑母案时，就会将心比心，而不是嘀咕一声"疯子"就将报纸翻到下一页。

其实这样延展思绪，不惟能让我们更好地理解罪案，即对我们的日常生活也大有好处。普鲁斯特的叙述者曾以无比冗长的篇幅来描述面临抉择时的优柔寡断，他不知是否应向女友阿尔贝蒂娜求婚，有时他觉得离了她自己就活不了，有时又确信自己根本不想再见到她——真是痛苦万状。

若是在前述"全英普鲁斯特梗概大赛"中要求概述这一段，娴熟一点的参赛者不到两秒钟就可将其搞定："年轻人不知他是否当求婚。"虽说没有简短到这地步，书中叙述者收到的那封信却也有同样的效果。此信是他母亲寄来，信中提及他在婚事上的举棋不定，首鼠两端，其措辞令他顿觉自己夸饰可笑：此前那样思前

三　优哉游哉　　　　　　　　　　　Alain de Botton

048.

想后，分析来分析去，真是小题大做，何苦来哉。读罢此信，叙述者对自己说：

我一直在想入非非，事情其实很简单……我是个优柔寡断的年轻人，不过是个再寻常不过的结婚问题，就为了结婚还是不结婚，花上那么多时间。而对阿尔贝蒂娜说来，这事根本就没什么特别。

看来简洁的叙述也并非一无是处。我们"感到不安"，我们"想家"，我们"迁入新居"，我们"面对死亡"，或是"害怕撒手"——就这么直截了当。如此这般，倒可直奔主题，远兜远转，大费周折，似乎显得多余。

可是事情通常并非如此简单。普鲁斯特笔下的叙述者读罢母亲的信，过片刻回头再想，就觉他和阿尔贝蒂娜间的事远不像母亲说得那么易于分解，是故他又重新回到冗长，花了几百页的篇幅将与阿尔贝蒂娜交往的前前后后细加追溯（"别太快"），结末还发了下面这一通议论：

如果置身局外，当然可将任何事都大而化之，权作报上飞短流长的花边新闻看。若是事不关己，没准我自己也是如此。但是和阿尔贝蒂娜之间发生的一切我心知肚明，至少我知道自己的所思所想，知道我从阿尔贝蒂娜眼睛里读出来的话，知道折磨我的恐惧，还有我不断就与阿尔贝蒂娜的关系想着的问题，这些全都千真万确，一样也假不了。优柔寡断的求婚者，没指望的婚约——外人眼中，我的情形也许就是这么个老套的故事，就像一位熟极而流的记者看罢一场戏，马上就塞给我们一篇报道，以易卜生某个剧本的主题将那出戏一言道尽。但是，有些东西注定是那报道不能尽言的。

这一课有何教益？他让我们好好去品戏，耐心读报，如同那是悲剧小说喜剧小说的顶尖之作，或者，如果有必要，就花上三十页去写蒙眬的睡意。如果没那么多时间，至少别学奥兰多夫的阿尔弗莱德·安布罗，法斯盖勒的马德莱，对这二人，普鲁斯特曾下过如此定义："忙得没工夫做手上的事情的'忙人'，因'忙'而总是兴兴头头——尽管忙得毫无意义。"

四　直面痛苦

　　要考量某人是否有智慧，细察此人的精神与身体的状况或许不失为一个好办法。可想而知，如果他们的见解当真值得我们关注，第一个从中获益的就是创造出这些见解的人。以此观之，我们不仅对作家的作品感兴趣，而且对其生活也感到好奇，岂不是顺理成章？

　　圣伯夫乃十九世纪极受推崇的批评家，他想必会对此种说法大表赞赏。他曾有言：

　　我们应就一位作家向自己出一系列的问题，只有将这些疑团一一解开——即使只是自言自语，自问自答，即使这些问题对作家的写作来说看似无关紧要——否则我们就不能对该作家有完整的把握。这人的宗教倾向如何？自然景观对他有何影响？在女性面前他有何表现？他如何处置金钱？他是富有，还是贫寒？他在饮食上有何嗜好？日常起居如何？他有无不良记录？或者，他有何弱点？凡此种种，均与他的写作息息相关。

纵使有此铺垫，答案多半仍会令我们大吃一惊。不论作家如何才华横溢，也不论其作品如何富于智慧，他的生活很可能是一团糟，充满了种种的不谐、悲惨，乃至愚蠢。

普鲁斯特即据此反驳圣伯夫的论调，他气势颇盛地辩道：关键是作品本身，作家的生平则无关紧要。明乎此，我们才能肯定自己欣赏的确系荦荦大者（"千真万确，有些作家比他们的作品更值得称道，但那恰恰是因为他们的作品算不得好书"）。巴尔扎克举止乖张，司汤达言语无味，波德莱尔压抑病态——也许都是实情，但是这些毛病未在其作品中留下任何痕迹，我们难道会因此对他们的作品弃而不观？

这样的论辩诚然足以服人，不过从中我们也不难察知普鲁斯特何以如此急于澄清该问题的个人理由：他的作品合于情理，结构精妙，常予人静谧安宁乃至不食人间烟火之感，他的生活却被肉体上和精神上的痛苦苦苦纠缠。于此也就不难明白，何以有人对发煌普鲁斯特的一套生活哲学大感兴趣，却再不会想去过普鲁斯特那样的生活。

痛苦至此，一个人当真能安之若素，毫无疑虑怨愤之意？普普鲁斯特当真洞明一切，对我们说得头头是道，而依然过着一种苦不堪言的生活？他的事例真的足以驳倒圣伯夫？

对普鲁斯特而言，生活的确是一场考验，单是心理的问题就够折磨人的了。

——犹太母亲问题

普鲁斯特的母亲是娇惯儿子的典型。"对她而言，我永远是四岁小儿。"普鲁斯特夫人的娇宠儿子说。他对她以"妈咪"相称，更多的时候则唤她"亲爱的小妈咪"。

普鲁斯特的朋友马塞尔·普兰德威尼回忆说："他从不说'我爸爸'、'我妈妈'，总是仅说'妈咪'、'爹地'，每说起就泪眼欲滴，喉头发紧，嗓音因强忍呜咽而显沙哑，简直像个易动感情的小男孩。"

普鲁斯特夫人以一种过火的方式爱着儿子，过火到施之情人也会令其尴尬。至少就其大包大揽的做法而言，这份溺爱导致了儿子绵软的性格。她总觉得普鲁斯特离了她就一事无成。从他出生到母亲过世，他们一直生活在一起，而母亲过世时，他已经三十四岁。即便如此，这位母亲仍忧心忡忡，她最担心的是，一旦她撒手而去，儿子还怎么活。普鲁斯特在母亲死后解释说："我母亲还想活下去是因为怕我陷入痛苦，她知道一旦她不在我必会

四 直面痛苦

054.

如此。我们在一起过的日子就像一场演练。她一直在教我没了她的日子我该怎样生活，……我则在不住地让她放心，说她不在了我自己会打理好一切的。"

尽管是出于爱子之心，普鲁斯特夫人的方式却未免太一意孤行了。普鲁斯特二十四岁那年，很难得的，居然有一度母子小别。马塞尔写信告诉她他的睡眠不错（他的睡眠如何，大便正常否，加上食欲怎样，构成了母子书信不变的话题）。"妈咪"大人却责他说得不够详细："你说'睡了好几个钟头'，这等于什么也没说，或者根本就没说到要紧的。我还得再问：

你在 _____ 上床睡觉，

你在 _____ 起床？"

普鲁斯特通常很乐意满足母亲的控制欲，总是一五一十，详细禀报（她和圣伯夫即此倒是很可以好好谈谈）。时不时地，马塞尔也会主动贡献些鸡毛蒜皮的问题："我解手时忽然有火烧火燎的感觉，让你不得不打住，过会儿再尿，这样的情况一刻钟里就有五六次。你问问爹地，这是怎么回事。我这些天啤酒喝得没边没沿，小便不畅是不是由此而起？"这是他在给母亲的一封信里嘀咕的。当是时也，"爹地"六十八，"妈咪"五十三，他本人则已经三十一岁。

有次接受问卷调查，面对"何事让你感到不幸"这样的问题，普鲁斯特的回答是："与母亲分离。"当其深夜不能入睡母亲又已归寝之时，他会给母亲写信，并将信放在她房间门口，以便让她一早起来就能看到。信通常都是这么写的:"亲爱的小妈咪,我怎么也睡不着,只好给你写个纸条,告诉你我一直在想着你。"

虽有此等甜腻的通信,他与母亲的关系中却也潜隐着某种紧张。他发现母亲宁可他灾病不断,诸事由人,也不愿他身体康健,尿路通畅。有一次他在信里写道:"实情是,一旦我身体好一点你就心烦意乱,非到我又病了,你才称心如意。有了健康就得不到关爱,真是叫人伤心。"此信是对母亲自居护士、视他为病人的控制欲的一次反抗性发作。这样的发作可谓绝无仅有,然而却是耐人寻味。

——尴尬的欲望

马塞尔异于一般的男孩,这个真相是后来才慢慢发现的。"一个人是生性内向,还是天生就是诗人,是势利鬼,或是个十足的坏蛋,这些他自己一开始也说不清,道不明。一个惯读色情诗、看春宫画的男孩,即令他身体正贴着一个男生,他脑子里浮现的也是和女人交合的图景。当其读着拉法耶特夫人、拉辛、波德莱尔、瓦尔特·司各特的作品且但觉心心相印之时,他怎么会怀疑自己与常人不同,有反常的倾向?"

但是渐渐普鲁斯特发现,想象与司各特笔下美女狄亚娜·维依一夜缱绻的情景,对他居然毫无吸引力,反不如与某个男生肌肤相亲来得诱人。在当时尚不开放的法国,此种倾向很难被接受,

四　直面痛苦

056.

那位一直盼着儿子了却终身大事的母亲当然也难以理解。每当普鲁斯特的朋友和他一同出入戏院餐馆，他母亲总是请他们邀几个年轻姑娘同去。

——约会问题

他母亲实在应当花心思为他多邀几个男子，因为似他这般对狄亚娜·维依无动于衷的少男，委实不多见。十六岁的美少年丹尼尔·阿勒维是普鲁斯特的同窗，也曾是他属意的对象，无奈他这边情意绵绵，那一方却并不领情，害得他大发幽怨："你是如此可人，你的眼睛多么明媚，……你的肉体，你的内心……如此柔顺，如此温婉，直叫我意乱神迷，我觉得自己好似就坐在你的大腿上，两心相映，混而为一，……我的痴情换来的不应是冷言冷语。"

阿勒维的绝情甚至惹得普鲁斯特搬出西方哲学史引经据典。他告诉阿勒维："我可以自豪地说，我有不少聪明过人、情操优雅的朋友，他们都曾在少年时代一度与男孩相好，后来才回过头来追求女人……我特别想对你说起的是两位冠绝一时的人物，苏格拉底和蒙田。终其一生，这两位都在尽情享乐。他们都认定，正当青春年华的男子就该'寻欢作乐'，如此才能了然某些不为人知的快乐，也才能让他们盈怀的柔情尽有所归。他们认为，对醉心美感、情窦初开的青年男子说来，这种兼有感官之乐和精神之恋的情谊大有好处，与蠢笨、俗气的女人谈情说爱则大为不值。"

遗憾的是，那位阿勒维瞎了眼，不听他的高论，一如既往跟在蠢笨而又俗气的女人后面打转。

——浪漫的悲观

"爱情是不治之症。""爱情与痛苦同在。""陷入爱情的人一定不快乐，快乐的人肯定并未陷入爱情。"

甚至圣伯夫最坚定的反对派也会犯嘀咕：爱情上遭受的挫折，没准对一个作家的创作还真有些影响。普鲁斯特对爱情的渴求近乎神经质，同时他在追逐爱情上的那份笨拙却是无可救药，这二者混在一处，他那份浪漫的悲观，某种程度上即是由此而起。他声称："当我真正陷入悲伤之时，我的惟一安慰就是爱和被人所爱。"他如此界定自己的主要性格特征："我需要被人爱，更确切地说，我需要的是别人的娇宠、溺爱，而不是仰慕。"但是他年轻时频频惑于美少年而自作多情，成年后情场上同样是一无所获。他接连迷上过好几个年轻男子，却无一人给他半点回应。1911年在海滨胜地加堡，普鲁斯特曾向年轻的阿尔伯特·纳米亚表露他心中的沮丧："真想用我整个的心去拥抱你，倘若我能改变性别和年纪，摇身变为美貌的少女，那该多好。"有一段时间，普鲁斯特相与了出租车司机阿尔弗莱德·阿格斯蒂奈里，曾有过短暂的快乐。阿格斯蒂奈里甚至和妻子一起住进了普鲁斯特的寓所，谁料他不久即死于安提比斯的飞机失事。此后普鲁斯特再未动过真情，这段经历只是再度佐证了爱情与痛苦之常相伴随。

——戏剧梦的落空

弗洛伊德的精神分析固然有陷阱，不过我们细察性与爱间的关系，会发现似乎确有难以谐调的一面。从1906年普鲁斯特提交雷纳尔多·哈恩的剧本提纲里抄上一段，正可充当最好的注脚。这段话如下：

一对你敬我爱的夫妻，丈夫对妻子情深意长，神圣、纯洁（不消说，绝对地忠诚）。但这男子是个虐待狂，虽说钟爱妻子，却与妓女有染，他从对自己情感的亵渎中找到了快感。到后来，这个总是在寻求刺激的虐待狂，落到对那些妓女大说侮辱太太的脏话的程度，还要她们说些肮脏之事加到太太身上，他自己也跟着说（五分钟后他即对这套把戏感到厌恶）。他满口污言秽语，太太走进房间他也没听见。她不能相信自己的眼睛和耳朵，晕倒在地。而后她决意离去。丈夫哀求，无效。妓女还想和他寻欢作乐，但此时他心痛欲裂，再不能从性虐待中寻得快感。他努力多次，最终也未能让太太回心转意，她甚至对他理也不理，那男子于是自杀身亡。

惨得很，巴黎没一家剧院对这剧本感兴趣。

——知音难寻

这是天才人物通常会遇到的问题。《在斯万家那边》写毕后，普鲁斯特寄了几份给友人，这些人当中有不少甚至连邮包都懒得拆。

"亲爱的路易，读我的书了吗？"普鲁斯特回想起向公子哥儿路易·达尔布菲拉打探时的情形。

"读你的书？你写了一本书？"他那位朋友应以满脸的诧异。

"当然，路易，我寄了一本给你的。"

"啊，我亲爱的马塞尔，你若送我一本，我一定会读的。只是我不能肯定我收到过这书。"

加斯东·德·凯拉薇夫人那边的情况令人宽慰。她致信作者，以最热情的语句对赠书一事表达谢忱，她告诉作者："书中写第一次领圣餐的那一段我一读再读，因我经历过同样的痛苦，同样的幻灭。"加斯东·德·凯拉薇夫人读得如此用心，真是令人动容——要是她肯拨冗读这本书，注意到书中根本没提及什么宗教仪式，对作者来说也许倒是更仁慈一些。

普鲁斯特得出了结论："书出了几个月，人们对我说起来竟是胡话连篇，倒见出他们不是已经忘却，就是根本没读。"

——而立之年的自我评价

"没有快乐，没有目标，没有行动，也没有抱负。有的是已

四　直面痛苦

经到头的人生路，是父母忧心忡忡的关注，没什么幸福可言。"

至于病痛，倒可开出长长一份清单：

——哮喘

他十岁那年头一次发哮喘，此后终其一生就没停过。这病一旦发作就来势汹汹，一喘就喘上一个多钟头，一天能发作不下十次。发作常在夜里而不是白天，普鲁斯特的生活因此昼夜颠倒。他早上七点钟睡觉，下午四五点钟起床。他发现他根本不能外出，特别是在夏天。如果非得出门，那也只能呆在密不透风的出租车里。他的寓所永远是门窗紧闭，帘幕低垂。他从不见太阳，不呼吸新鲜空气，锻炼之类根本无从说起。

——饮食

到后来他一天只能吃一顿，不能再多，而这一顿之量委实惊人，至少得管他上床之前的八小时。普鲁斯特曾详列食单，向一位医生描述他通常一天都吃些什么：两个鸡蛋加奶油沙司，烤鸡翅一枚，羊角面包三只，法式炒杂碎一盘，葡萄若干，咖啡若干，啤酒一瓶。

——消化不良

饮食习惯如此,他向医生抱怨"真糟糕,我老是跑厕所",自然就不足为怪。腹泻之外,便秘于他也是常事,每两星期,他就得用上一剂强力泻药通便,而服用之后,每每又引来剧烈腹痛。小便之不易,已如前述,每小解常伴以尖锐的灼痛感,往往还尿不出,结果是小便不畅,尿酸增高。即此他有一番议论:"吁请身体对我们发发慈悲,真如对章鱼高谈阔论,我们的议论如海潮拍岸之声,空自回响,毫无意义。"

——内裤

普鲁斯特入睡前非得将内裤拉高,紧紧护住肚子,否则就别想成眠。内裤得用一支特别的别针别住,有天早晨他在浴室将该别针弄丢,结果一整天没睡着觉。

——皮肤过敏

香皂、乳液、古龙水,他一概不能用。是故只能用质地柔软的湿毛巾擦洗,再用干净毛巾轻轻拍打,弄干身上(一次沐浴,平均要用十二条毛巾,这些普鲁斯特的专用品须送到一家名为拉维奈的洗衣店打理,因惟有这家洗衣店用的是不含刺激成分的洗

四　直面痛苦

衣粉，当时法国演艺界名人让·柯克多洗衣也是送到此店）。他发现对他说来，旧衣服比起新的来更舒服，由此他发展到对旧鞋、旧手帕之类，均恋恋不舍。

——老鼠

普鲁斯特有老鼠恐惧症，1918年巴黎遭德国人轰炸时，他对人说，他害怕老鼠更甚于炸弹。

——畏寒

他总是喊冷。即使在夏日，若不得已要出门，他也要穿上四件针织衫，外面还得穿外套。赴晚宴时，他则从不脱下毛皮上装。即便如此，与他寒暄握手者还是吃惊地发现，他的手冰凉冰凉。因担心屋内生火烟气过大对他不好，他房间里不生炉子，取暖大体靠暖瓶和套头毛衣。是故他伤风、感冒不断，尤甚者，清鼻涕流个不停。有次写信给雷纳尔多·哈恩，他在最后提了一笔，自开始写信到现在，他已擦了三十八次鼻涕。这封信一共三页纸。

——对高度的敏感

有次从家在凡尔赛的叔叔那里回到住处，普鲁斯特突感不适，竟不能拾级而上回自己的公寓。后来在给叔叔的一封信中，称不适可能是由海拔高度变化而起，凡尔赛的海拔高度高于巴黎八十三米。

——咳嗽

普鲁斯特咳嗽起来声震屋瓦。他向人描述过1917年有次咳嗽大作时的情形："听见雷鸣不断，犬吠不止，邻居会想我若非买了一架管风琴，定是买了条狗回家，说不定某些正人君子（此纯属想象）还会想是不是我和某位夫人有首尾，已为人父，生的恰是个患百日咳的孩子。"

——旅行

普鲁斯特对日常生活及习惯的任何稍小改变均敏感至极，旅行总是令他想家，不仅此也，他还担心旅行会要了他的命。他曾解释说，初到一地，开始的几天他就像某些动物（不知他联想到的是哪些动物），天一黑就感到不安。他曾忽发奇想，筹划过一种游艇上的生活，如此躺在床上即可游遍世界。他对婚姻美满的斯特劳斯夫人建议道："我们租一条游艇，远离尘嚣，沿海岸漂行，躺在舟中我们的床上（一张或是两张）即可看到世上最美的城市从眼前一一过去。不必下床，尽赏美景，如何？"这建议未被采纳。

四　直面痛苦

——恋床

普鲁斯特对床无限钟情，他的大部分时间都在床上度过，床成了他的书案、办公室。难道床可助他抵御外面那个残酷世界？他曾有言："当你伤怀之时，躺到温暖的床上去，在暖和的被中，一切的努力、挣扎都已放弃，此时即或蒙头大放悲声，瑟瑟发抖呼号如秋风中的寒枝，也自有一份惬意。"

——邻人噪音

普鲁斯特容不得噪音，稍有一点噪音他就心烦意乱。巴黎街区公寓里过的那些日子，对他简直就像是地狱，最难忍受者，是楼上的人练琴之时："有件东西，自己无生命，逼人发疯的本事却比任何人都来得大——我说的是钢琴。"

1907年春隔壁邻居二度装修，普鲁斯特几乎给逼疯。他向斯特劳斯夫人描述道：早上七点钟工人即大队人马开起来，"使锤的使锤，使锯的使锯，就在我床边那面墙后狂敲猛打不停，好似如此方显其精神百倍。其后太平了半小时，狂敲猛打声又起，我根本就别想睡觉……我简直要疯了，医生劝我赶快躲开，因为我的情况很不妙，再这么下去非崩溃不可"。还有，"（夫人，恕我唠叨）这家的厕所紧靠我的卧室，他们马上又要在里面装脸盆和抽水马桶了"。最后是"有位先生搬进了这幢房子的四楼，他房间里什么响动我都听得一清二楚,就像响动就在我的卧室"。他大泄私愤,将那位大肆装修的邻居太太称为母牛,工人前后三次更改马桶尺寸,他就暗讽道,那都是为安顿她庞大的臀部。他且总结道,动静既如此之大,定是埃及法老的陵墓在整修,斯特劳斯夫人对埃及心醉神迷,普鲁斯特因此就近取譬:"十来个工人如此卖力,狂敲猛打,数月不停,春天百货与圣奥古斯丁广场间当已立起一座丰碑,足与埃及金字塔颉颃,令人叹为观止。"当然,金字塔纯属子虚乌有。

——其他毛病

普鲁斯特曾对吕西安·都德说:"有人认为总是生病的人就不会得别人生的各种病,实则不然。"他自己就是一例,这些疾病中,与他相关的就有感冒、发烧、弱视、进食困难、牙疼、肘痛、晕眩症。

——夸大其辞

普鲁斯特屡屡因别人认定他夸大自己的病情而苦恼。一次大战爆发,军方医院招他去做身体检查。自1903年起,他即已缠绵病榻,差不多可说是身不离床,他害怕病情的严重程度被忽视,军方命他去前线扛枪打仗。他的股票经纪人里奥纳·奥塞赫倒是颇感兴奋,对普鲁斯特说要等着见到他胸前佩上十个勋章。未料

四　直面痛苦

066.

他的雇主冷冷对他道："我身体如何你心知肚明，说不定四十八小时之内就会死去。"还好，军方未招他入伍。

大战结束几年后，有个批评家指责普鲁斯特是个纨绔子弟，自我迷恋，整日躺在床上做白日梦，满脑子尽是豪华的吊灯，富丽堂皇的天花板，晚上六点才会离开房间，目的地无非奢华的晚宴，去和从不买他书的新贵套近乎。普鲁斯特被大大激怒，反驳道，他是个废人，根本下不了床，不管是晚上六点还是早上六点，他的病重到在自己房间走走都觉吃力（他还加上一句，甚至自己开窗都做不到），独自一人去赴宴从何说起？然而几个月后，他倒是拖着病躯去看歌剧了。

——死亡

每对别人说起自己的身体状况，普鲁斯特总不忘声明，他没几天好活了。在其生命的最后十六年中，他隔不多久就要向人强调此乃实情，且语气不容置疑。他说他的常态，是"在咖啡因、阿司匹林、哮喘之间苟延残喘，算起来七天中倒有六天是在生死间挣扎"。

他是不是个不可救药的臆想狂？他的股票经纪人奥塞赫认为他就是，而且最终决定对他直言相告，此前还没人敢这么跟他说话。"恕我直言，"他斗胆对雇主说道，"你眼看就要五十岁了，可你还跟我刚认识你时一个德性，像个被宠坏的孩子。啊，我知道你会搬出一套说辞,声辩你根本不是被宠坏了,说一直没人理解你,说你总是被冷落。但这与其说是别人的过错,不如说是你自己的过错。"奥塞赫还说,即使病情真的很严重,到这地步多半也是他自己惹的祸,整日身不离床,窗帘紧闭,拒绝健康的两大要素:阳光和新鲜空气,不如此才是怪事。一次世界大战后的欧洲满目疮痍,奥塞赫规劝他想想这些,不要一天到晚满脑子是自己的病情:"你得承认,就算你已病入膏肓,比起欧洲现在的一团糟,你的情况还是要好多了。"

奥塞赫所言不可谓不雄辩,不过普鲁斯特还是成功证明了他并非危言耸听,第二年他真就过世了。

普鲁斯特是不是夸大其辞?不同的人对同样的病会有不同的反应,患上病毒感冒,有人可能要卧床一星期,另一个人或许只是在午餐后稍感困倦。遇有人因手指划伤而痛得全身蜷曲,我们固然可讪笑此人小题大做,真会做戏,但也不妨设身处地,设想此人皮肤太过细嫩,小小划伤之痛,在此人或不啻常人之承受刀劈斧砍。是故我们不可仅据我们经受相似病痛会做何反应,即对他人的痛苦遽下判断。

普鲁斯特的皮肤倒真是细嫩得可以,以致莱昂·都德说他好似生来就没有皮肤。平常人吃得过饱会睡不着觉:食物堆在肚里,身体忙着消化,坐着反比躺着要舒服些。但是以普鲁斯特之柔弱,

四　直面痛苦

一丁点食物或饮料中的颗粒就能搅得他一夜难眠。他曾告诉医生，上床前他只能喝四分之一杯维希矿泉水，如果喝下一满杯就会腹痛难忍，整夜别想睡。童话里真正的公主会因垫被下有一粒豌豆而夜夜难安，我们这位因秉有异能而遭诅咒的作家则能觉察到他肚里一立方厘米水的波荡。

普鲁斯特的身体和他弟弟罗贝尔·普鲁斯特真是不能比。罗贝尔小他两岁，步父亲后尘也当外科医生（著有颇受推崇的专著《女性生殖器的外科手术》），生得体壮如牛。马塞尔是有点风吹草动就能要他的命，罗贝尔则是结实无比，经打经摔。十九岁那年，他在巴黎北边几英里的塞纳河边一名为赫于勒的村庄骑双人自行车，行至一人来车往的路口，他跌了下来，恰在一辆五吨煤车轮下，煤车从他身上辗过。他很快被送往医院。母亲心急火燎从巴黎赶来，没料到儿子很快康复如初，没留下一星半点医生担心的后遗症。第一次世界大战爆发时，罗贝尔已成年，当了外科医生，这壮汉被派驻靠近威赫顿的埃当野战医院，他住在帐篷里，在身心俱疲且几无卫生条件可言的情况下工作。有天一发炮弹落在医院，弹片飞溅到手术台上，此时罗贝尔正在给一德国伤兵动手术。罗贝尔自己挂了彩，却还只手将病人移到附近一宿舍内，就着推床把手术做完。没过几年，他又遇一次严重车祸，其时他的司机睡着了，汽车与一救护车迎头相撞。罗贝尔一头撞在木头挡板上，头骨骨裂。然而还没等家人得到消息，为他操心，他已开始恢复，且又跃跃欲试，准备重过活跃异常的生活了。

若让你选择，你是想做弟弟罗贝尔，还是哥哥马塞尔？罗贝尔可傲视哥哥处可以简单归纳如下：精力过人，喜打网球，爱划船运动，医术高超（罗贝尔的前列腺切除手术享有盛名，法国医疗界因此将此项手术称作普氏手术），收入颇丰，还有个美貌的女儿苏西（伯伯马塞尔对苏西可真是宠爱有加，孩提时代她有次随口说要只火烈鸟，好个伯伯，差点当真就给买了来）。马塞尔又如何呢？弱不禁风，网球、划船免谈，没有收入，膝下无人，很长时间籍籍无名，即至晚年享有盛名，却又病入膏肓，无法消受（马塞尔最喜以疾病为喻，总把自己比为高烧病人，即有美食当前，也难以下咽）。

只有一点，罗贝尔看来难望哥哥项背，即是体察事物的能力。不要说花粉飘飞的季节开着窗，就是五吨煤压在身上，罗贝尔也没什么反应。你让他从珠穆朗玛峰转到死海边的耶利哥，他恐怕根本就不会留意到海拔高度相差如此之大，你把五罐头豆子弄得他一床都是，他照样还是能呼呼大睡。

感官如此迟钝，也许并非坏事，当你在一次大战纷飞的炮火中给人开刀时，就更是如此，不过应该一提的是，细腻敏锐的感受能力（往往就意味着感受痛苦）某种程度上可说与知识的获得

四　直面痛苦

070.

有绝大关系。从脚踝扭伤,我们可知身体的重力如何作用;打嗝不止,会让我们察知呼吸系统的某些秘密;遭情人抛弃,则会教给我们关于情感依赖原理的生动一课。

事实上,依普鲁斯特之见,惟有当我们遇到烦难,惟有感受到痛苦,惟有当事难如愿之时,我们才真正学到了点什么:

病痛让我们有机会凝神结想,学到不少东西,它使我们得以细细体察所经之事,若非患病我们对之也许根本不会留心。一到天黑倒头便睡,整夜酣眠如死猪的人,定然不知梦为何物,不惟不会有何了不得的发现,即对睡眠本身也无体察。他对他正在酣睡并不了然。轻微的失眠倒让我们领悟到睡眠之妙,如同于黑暗中投下一道光束。深究记忆现象,其意义并不仅在于求得准确无误的记忆。

当然,并非惟有在痛苦中,我们才会运用心智,普鲁斯特之意乃在于,身当痛苦,我们才会去寻根究底。我们痛苦,所以我们思考,盖因思考能帮助我们恰如其分地了解痛苦。思考令我们知晓痛苦自何而来,探测痛苦之程度,且终能让我们平静地面对痛苦。

由此引申出一个观点:那些并非从痛苦中升华而来的思想,

均缺少某种内在的重大动机。在普鲁斯特看来,精神活动似乎可分为两类:一种可称之为无痛苦的思考,此种思考并非由特定的惶惑不安引发,起于纯知性的求知要求,所想了解者无非睡眠是怎么回事,人为何会遗忘之类;另一种则是痛苦的思考,乃是从痛苦不安中脱颖而出,比如因辗转反侧,夜不能寐而生,或由追忆一个名字终不可得而起——普鲁斯特看重的,当然是后一种思考。

有例为证。他告诉我们,获得智慧有两种途径,一种是老师传授,毫无痛苦,一种则是得自生活本身,充满痛苦,他认为得自痛苦的智慧方是真知。假笔下虚构画家艾尔斯蒂尔之口,他将这观点表而出之。这位画家对叙述者论辩道,他宁可犯些错:

再聪明的人年轻时都说过错话,做过错事,或竟过着荒唐的生活,凡此种种,晚年想起真是令人汗颜,恨不能将其从记忆中尽皆抹去而后快。可是我们真不该悔不当初,将过去全盘否定,因为谁也不能肯定现在的自己已经大彻大悟(当然是就我们能够企及的智慧而言),除非我们已犯过种种错误,经历种种缺憾,由此抵达了智慧的彼岸。我认识一些年轻人……从他们走进学校的那一天,老师就向他们灌输高尚的情操、道德的完善之类。将来回首往事,他们也许会觉得了无遗憾,要是愿意,他们甚至可以将过去的所言所行——公之于众而毫无愧疚。但说实在的,他们是可怜虫,无谓的教条的牺牲品,他们学来的东西毫无意义,只有负面的作用。智慧

四　直面痛苦

072.

是教不出来的，只有我们通过自身的经历去发现，没有人可以分担，任何人也不能代劳。

为何不行？为何智慧总是与痛苦结伴而行？艾尔斯蒂尔未加申论，但有一点他说得够清楚了：一个人经历的痛苦越深，则他从此经历中获得的思想越丰富深刻。人心似乎是个迟钝的器官，若非受到真实的痛苦的刺激，它对难解的真实就拒不接受。普鲁斯特告诉我们："快乐对身体是件好事，但惟有悲伤才使我们心灵的力量得以发展。"悲伤带给我们的是灵魂的操练，快乐之时，我们对此能躲则躲。的确，此话意味着，倘若我们将心灵力量的养成置于优先的地位，不幸就比心满意足更有益，情场失意就比读柏拉图或斯宾诺莎更有好处。

我们钟情的女人往往让我们受尽折磨，可是她们会在我们身上激发出强烈而深刻的情感，任何天才也不能如此令我们神魂颠倒。

有道是"身在福中不知福"，实情也许恰恰是如此。若你的汽车一切正常，你怎会去琢磨它里面的部件有何复杂的功能？所爱者信誓旦旦，我们怎会去深究人类背叛的动机？社交场上风光无限，我们怎会想起了解社交场上的种种势利？惟有陷入哀伤之时，我们才会有普鲁斯特式的冲动，彼时我们或正以被蒙面，暗自抽泣，如秋风中的枯枝，瑟瑟呜咽。

由此可知普鲁斯特对医生何以不信任。按照普鲁斯特的一套理论，医生总是处在尴尬的位置，人们相信他们对身体的种种情状无所不知、无所不晓，实则他们的知识多半并非得自自己的病痛。医生所以为医生，不过是读了几年医学院罢了。

医生最令普鲁斯特反感者，就是他们的自以为是。普鲁斯特深谙病痛之苦，而医生的自以为是的全部根据，则仅是当时甚不可靠的医学知识。普鲁斯特还是小儿之时，曾被送到一位赫赫有名、叫作马坦的医生处就医。这位名医声称找到了一种根治哮喘的法子。他的法子是将普鲁斯特鼻中一隆起的赘肉烧灼除去。手术做了两小时，普鲁斯特大吃苦头。事毕，马坦医生很笃定地对他说道："你现在可以放心到乡下去了，花粉过敏、发热之类再不会有了。"实情当然并非如此：手术后第一眼看到怒放的紫丁香，普鲁斯特便即哮喘发作，而且来势凶猛，久久不退，以致他手足发紫，差点性命不保。

普鲁斯特笔下的医生也让人不能放心。叙述者的外祖母患病，忧心忡忡的家人连忙请来医界响当当的人物布尔班医生。外祖母病得不轻，痛苦异常，布尔班医生却是不以为意，粗粗一看即开出完美药方：

"太太，你这病好治，什么时候会好？——这全看您，也许今天就没事——什么时候您发现其实根本没病,像往常一样过日子,您这病就好了。您说您不吃不喝,也不出门?"

"可是,医生,我在发热呀!"

"现在可是一点不烧。那不过是个堂皇的借口罢了。您可知道,三十九度高烧的结核病人我们还让他进食,还叫他到户外去呼吸新鲜空气哩。"

外祖母拗不过名医这番大道理,硬撑着下了床,让外孙陪着,步履蹒跚走到香榭丽舍大道,名曰呼吸新鲜空气。不说也能猜得到,如此"散步"要了她的命。

服膺普鲁斯特的人还该不该去看医生?马塞尔毕竟有个医生父亲,还有个医生弟弟,到临了对医生这个行当不免闪烁其词,甚至宽厚得令人生疑:

"相信医生自是愚不可及,然而如果不信医生,那就比愚蠢还愚蠢。"

普鲁斯特这套逻辑给出了如何找到好医生的妙招:本人也屡为疾病所苦的医生方是好医生。

以普鲁斯特遭受的不幸之深之巨,我们对他的见解似不应有半点怀疑。的确,我们应将他经历的磨难视为他的洞察力的最好的前提条件。普鲁斯特的情人在安提比斯海滨飞机失事,司汤达一再陷入无望的单恋,尼采形同社会弃儿,甚或遭三尺童子奚落……凡此种种,正可确证他们的智识不容置疑,毫无假借。给生存的意义留下深刻证言的,并非事事如意,容光焕发之人。就通常的情形而论,这一类的知识似乎专门留待遭逢巨大不幸的人去发现,而这是他们能从人生得到的仅有的恩宠。

但是且慢一厢情愿,将受苦受难想得过于浪漫,我们应该知道,受苦受难本身并非必然就会引出真知灼见。不幸的是,失恋之事许多人都曾经历,写出《追忆逝水年华》的则仅普鲁斯特一人;尝过单恋滋味的人不在少数,却无几人写得出《论爱情》;被社会遗弃的人并不鲜见,《悲剧的诞生》却难得一见。许多人患上梅毒,痛苦不堪,却没几个人写得出《恶之花》,他们只会用枪把自己结果了事。关于痛苦造就人,最可取的说法也许是,痛苦通向了种种可能性,激发起我们的智慧和想象力去探究人生的奥秘。这样的可能性就在我们身边,可惜大多数人不是视而不见,便是拒而不纳。

我们是否还有其他选择?纵使没有写出皇皇巨著的雄心壮志,我们是否也能学会从痛苦中有所收获?哲学家总是关注如何追求幸福,然而于痛苦中学会自处,学会如何超越不幸,似乎才是更值得称道的智慧。不幸不期而至,频频降临,果能学会面对不幸，对我们寻求幸福，一定大有裨益。普鲁斯特终日与病痛相伴，于此自然别有会心：

"完整的生活艺术，在于对让我们陷入痛苦的个体善加利用。"

这样的生活艺术有何具体含义？如果你服膺普鲁斯特，那它首先就意味着更好地理解生活。痛苦让人疑惑丛生，不得其解，我们不解恋人何以弃我们而去，不解宴客名单上自己何以被排除在外，为什么夜里辗转反侧，难以入眠，为什么花粉飞扬的春天就不能到户外逍遥漫步。辨明种种不适由何而来，并不能奇迹般消除我们的痛苦，但由此我们却可向康复迈出重要的第一步。进而我们还可知道自己并非惟一遭受诅咒之人，意识到痛苦的边界在何处，了然痛苦的后面藏着什么样的逻辑：

"当痛苦转化为思想的那一刻，痛苦加于我们的影响即随之减轻。"

可惜更常见的却是相反的情形：痛苦并未升华出思索，令我们对现实有更多了悟，反倒将我们推向另一面。我们对现实仍是一无所知，反为更多无谓的幻想左右，较之未尝痛苦之时更加丧失活跃的思想。普鲁斯特的小说中尽是这类可称之为"糟糕的受苦者"的角色，这些苦命人或是遭情人背叛，或是社交场上失意，他们因自感不够聪明而痛苦，因社会地位不如人而伤心，可是没一个于自己的痛苦中学得半点有益的东西，他们的回应之道是怀疑一切，处处设防，变得傲慢虚矫、冷漠无情、暴戾乖张。

这么说并不有失公允，我们可以从小说举出许多这样的糟糕的受苦人的例子。不过我们也不必责之太过，且以治病救人之心，看看普鲁斯特笔下人物特有的防范心理由何而来，给出些建设性的意见。

一号病人

维尔迪兰夫人：中产之家，沙龙女主人，其客厅是高谈艺术、政治之地，座中常客她称之为"小圈子"。极易被艺术打动，然当被优美音乐征服之时，却会感到头痛，有一次因大笑导致下颌错位。

问题：维尔迪兰夫人一生致力于社交场上地位的提升，却发现她最想结识的那些人根本不把她放在眼里。显贵家族的宴请名单上不见她的名字，盖尔芒特公爵夫人家的晚宴上她受冷落，她自己的沙龙里来的则都是与她同一社会阶层的人，而且法兰西共和国总统一次也没邀请她到爱丽舍宫共进午餐——总统倒请过在她看来身份比她高不到哪儿去的夏尔·斯万。

症状：维尔迪兰夫人对其处境甚为苦恼，却不见于形色。她

四　直面痛苦

公然宣称那些拒不邀她赴宴或不肯在她沙龙露面的人都是些"无趣的家伙",甚至总统于勒·格雷维,她也说是"无趣的家伙"。

"无趣的家伙"一词用来倒也恰如其分,因为"无趣"恰是维尔迪兰夫人所认定的大人物的另一面。这些大人物令她兴奋无比,却又可望不可即,除了以矫情的轻蔑不屑之语遮掩心中的失落感,她实在别无可为。有次斯万在维尔迪兰夫人的客厅里不慎说走了嘴,提起他将与格雷维总统共进午餐,座中其他来客均是一脸艳羡之色,斯万见状却又故作姿态,似乎他并不当回事:

"我向你们保证,这种午宴没什么意思。其实简单之极,你们知道的——赴宴的决不会超过八个人。"

其他人都会想,斯万这么说只是出于礼貌,惟独维尔迪兰夫人当了真,她实在是苦大仇深,忍不住要暗示,凡她足迹不到之处,均不值一去:

"你的话我信,这类午宴无趣得很。你被邀赴宴当然是好事……不过我听说总统聋得像根柱子,还会用手抓东西吃。"

对策:维尔迪兰夫人何以耿耿于怀?因为我们得到的总是不及我们未得到的,因为请我们吃饭的人总是不及不肯请我们的。

要是我们仅因为自己得不到，就对意下未足的一切抱怨个不停，我们的价值判断一定会出问题。

还是对自己说真话吧——我们想见总统，他却不想见我们，但我们大可不必仅以这点区区小事，就说对他毫无兴趣。维尔迪兰夫人可以学着了解社交圈势利保守的游戏规则，也可学学如何缓解自家的沮丧挫折之感，学学如何对挫折之类坦然以对，她甚至可以不冷不热给斯万来上几句，让他赴宴时别忘了请总统在菜单上签个名，带回来大家共赏。如此这般，她会变得很是讨喜，没准哪天爱丽舍宫的邀请真就来了。

二号病人

弗朗索瓦丝：叙述者家中掌厨的仆人，做得一手好芦笋，好牛排。对手下冷酷无情，对主人倒是忠心耿耿，固执别扭是出了名的。

问题：没什么见识。弗朗索瓦丝从没进过校门，外面发生的事她知道的极少，对政治和皇室的种种更是全然不晓。

症状：弗朗索瓦丝总忍不住要暗示别人，她无所不知，无所不晓，说白了，她是个"万事通"。常会有些事情让这位"万事通"听得茫无头绪，每当此时，她就面露慌乱之色，不过她会很快恢复常态，仿佛早已心知肚明。

四　直面痛苦

080.

　　弗朗索瓦丝永远是一副无所不知的样子。人们都认为鲁道夫大公死了，她倒是坚信大公还在，即使你宣称大公没死，活得好好的，在踢球哩，她也会应你一句："是啊。"——就像她早有耳闻似的。

　　精神分析学的文献中提到过一个女人，无论何时，只要坐在图书馆里，她就感到头晕目眩。被书四面包围着，她会感到恶心，惟有快快离去，才会觉着释然。我们多半会想，她一定对书厌恶至极，实则相反，她渴望书籍，渴望书中蕴藏的知识，她深感自己知识匮乏，恨不能立时将架上所有图书读个遍。正因她没法做到这一点，而在这充溢着知识的环境中越发不能忍受自己知识的贫乏，她才不得不逃离图书馆。

　　要想成为一个有知识的人，也许首先得能够承认、接受这一事实：从某种程度上说，自己的确无知。他该明白，无知的状态是可以改变的，有所不知并不说明你无能，因此大可不必将其视为个人的弱点。

　　然而，我们的"万事通"对获取知识的正常方式已不抱希望，像弗朗索瓦丝这么个人对这一套没有信心，也许并不让人感到意外。想想看，她一辈子都在厨房里为她主人做芦笋、做牛肉冻，而主人受过那么好的教育，渊博得惊人，他们整上午整上午地读报，而且喜欢在房里踱着步朗吟拉辛和塞维尼夫人的名句。——顺便说说，你若说起塞维尼夫人的短篇小说，没准弗朗索瓦丝也会宣称她早就读过,虽则塞维尼夫人根本没写过短篇小说。

对策:我们固然可以把弗朗索瓦丝的"无所不知"硬说成是因为她求知心切,但是她最好还是不要怕一时丢面子,问问别人鲁道夫大公究竟何许人也,否则鲁道夫究竟如何,对她来说就永远是个谜。

三号病人

阿尔弗莱德·布鲁赫:叙述者中学时代的好友,犹太人,知识分子,饶有家产,长得像贝里尼肖像画中的苏丹穆罕默德二世。

问题:在重要场合常闹笑话,出洋相。

症状:寻常之辈行有不当总觉忐忑不安,道歉连连,布鲁赫则无论何时都是理直气壮,从无羞惭、尴尬之色。

有次叙述者一家邀他共进晚餐,他竟迟到了一个半小时,而且不期而至的暴雨弄得他从头到脚一身是泥。他该为他的迟到和一身泥水说声抱歉才是,可他只字未提,一屁股坐下来就大发宏论,对衣冠楚楚、按时赴约的惯例好一通贬损:

"我从不许自己因气氛不对或是什么时间之类的武断规定而受

到哪怕一丁点影响。我倒是很愿意再来说说鸦片烟枪或是马来人的波形刃短剑有何用途，至于手表、雨伞之类，可说是有百害无一益，纯属中产阶级的奢侈品，我是一无所知。"

布鲁赫并非有意让众人不快，只是他似乎不能忍受自己做得不漂亮，担心想讨众人欢心结果却适得其反。索性让人不快到底反倒容易得多，至少是他在唱主角。假如他未能准时赴宴又被雨弄得狼狈不堪，何不干脆以攻代守，化尴尬之事为炫耀之资，宣称遇雨迟来正是他求之不得之事？

对策：一只手表，一把雨伞，外加道歉。

四号病人

她在小说中只同我们打了个照面。我们不知她眼睛是何颜色，不知她衣着怎样，也不知她的全名。我们只知她是阿尔贝蒂娜好友安德烈的母亲。

问题：像维尔迪兰夫人一样，安德烈的母亲一心想的就是在社交场上出人头地。她就盼着达官贵人邀她赴宴，却总不能如愿。有次她十几岁的女儿带阿尔贝蒂娜到家中玩，阿尔贝蒂娜无意中说起她曾好几次与法兰西银行总裁一家一同度假。几句话在安德烈的母亲听来竟如五雷轰顶：她可是从来无缘进得总裁的豪宅，巴不得有朝一日能有这份荣幸。

　　症状：每天晚上一同进餐，听阿尔贝蒂娜说起总裁豪宅里的所见所闻，（安德烈的母亲）不禁心驰神往，虽说脸上倒是一副无动于衷甚或不屑与闻的神情。她仿佛已置身总裁府第之中，一个个来客的名字让她兴奋无比，这些名字她几乎全知道，或是从哪儿看到过，或是耳熟能详。想到自己只能于遥想之中亲近这些显贵之人，她不免有几分气沮。她就总裁府中的细节问来问去，问时撇着嘴，神情冷淡倨傲。阿尔贝蒂娜所说的一切令她因自己社会地位之无足轻重大为不安，她简直没了自信，若非借着呼喝管家摆摆威风，真是难以回到"生活的现实"。她吩咐管家道："告诉大厨，豆子烧得不烂。"——抖抖威风，她总算找到了一点平衡。

　　这点平衡只能靠迁怒厨子，厨子得为那些豆子负责，他的主人在小说里只走了个过场，他更是连露个面都轮不着。我们该叫他吉拉德还是图埃尔？他是什么地方人，布列塔尼还是朗盖道克？他是在哪儿学的手艺，银塔餐厅还是伏尔泰咖啡馆？这些问题颇有趣，不过我们最该一问的却是，法兰西银行总裁未邀他主人一起度假，主人何以要拿他问罪？豆子何辜，竟要为女主人上不了贵人邀请名单担干系？

　　无独有偶，盖尔芒特公爵夫人也以同样荒唐无理的方式给自

084.

己找平衡。公爵夫人的丈夫是个登徒子，他们的婚姻名存实亡。公爵府里有个叫普赖恩的男仆，正与一年轻女子热恋。那女子在另一大户人家做工，也是个仆人，二人休假日不一，一同休假的日子百不遇一，所以难得见面。这一日，总算等到见面的机会，不想恰遇一位叫德·高齐的先生来公爵府与夫人共进晚餐。德·高齐先生是个打猎好手，席间说要将在自家庄园打下的六对雉鸡送夫人为礼。公爵夫人连忙道谢，称高齐先生实在是慷慨，不过既已受此大礼，不好意思再劳他遣人送来，故她坚持要让自己的仆人普赖恩去取雉鸡。德·高齐先生对公爵夫人之礼数周全、为人着想，留下深刻印象。哪知公爵夫人如此"仁慈"另有缘故：她的惟一动机便是不让普赖恩如约与心上人相会，旁人甜甜蜜蜜反证的是她与美满姻缘之无缘，坏了他人好事，也算让她找到那么点平衡。

对策：放仆人、厨子，还有那些豆子一码。

五号病人

夏尔·斯万：此人曾受邀与总统共进午餐，威尔士王子的好友，最风雅的沙龙里的常客。漂亮、富有、聪明，有那么点天真，还是个情种。

问题：斯万收到一封匿名信，称他的情人奥黛特过去曾与无数男人鬼混，且时常出入妓院。斯万心烦意乱，苦想何人如此歹毒，会给他写这么封信。他注意到信中提到的一些细节，猜想写信者必是他认识的某个熟人。

症状：为了找出作案之人，斯万将他的朋友一个不漏，挨个想来：德·沙赫吕先生、劳梅亲王、德奥尚先生……想来想去，终不能相信这封信会出自其中任何一人之手。再无怀疑对象了，他又倒过头来，在心里将众人再重新掂量，这一想又觉事实上他认识的每个人都有可能干出这等事来。他该怎么想？他该如何评价他的朋友？这封折磨人的信逼着他去寻求对人更深一层的理解：

这封匿名信证明，他认识的某个人确能干出这等叫人不齿的勾当，但人心难测，阴暗的念头往往蛰伏于内心深处，他实在找不出任何理由怀疑某类人，而将另一类人排除在外。冷漠的人做得，一盆火似的人就做不出来？布尔乔亚做得出来，艺术家就做不出？下人做得出来，贵族难道就做不出？要判断一个人，我们该采取何种标准？说到底，在某种情形下，他所认识的人谁都有可能做出这等下作勾当。那么他该和他们都断绝往来？他越想心里越乱，频频以手加额，要不就掏出手帕擦拭镜片……最终，他还是继续和被他怀疑过的那些朋友见面来往，握手寒暄，但现在纯粹是出于礼貌了——既然他们当中每个人都有可能曾想将他置于死地。

对策：斯万因匿名信而饱受折磨，但是此事并未引起他对问

四　直面痛苦

题做更深一层的思索。也许他经此事会多了一份世故，明白朋友表面的所作所为背后可能藏着叵测的心机，却不知这心机会怎样形之于外，也无法明白这等阴暗心理由何而来。他的心头是迷雾一团，他擦干净了镜片，却放过了深思了悟的良机——在普鲁斯特看来，要想了然背叛与妒忌究竟为何，此其时也。足以催生出这等阴暗念头的，正是妒忌，它可让人想方设法、挖空心思去发掘他人的隐私。

我们偶或也会疑心周围的人有些事对我们秘而不宣，可总要等到深陷情网之时才会有探究的冲动，而于寻求答案之时，我们才会发现人们在现实生活中将自己的真面目掩饰到何种程度。

妒忌的功能之一就是向我们展示，当外在的事实和内心的情感相互作用之时，会是怎样的说不清道不明，由此竟能派生出无尽的猜疑假设。我们以为对某些事情或是他人所想了然于心，只不过是因为事不关己，一旦我们像妒忌的男人那样急欲刨根问底、了解真相，马上一切就会变得难以捉摸，如同变幻不定的万花筒，再无"真相"可言。

生活中充满了矛盾，这是个简单的真理，斯万也许并非不知道，可是就他所认识的一个个人而言，他总相信他们身上他所了解的一面与他尚不了解的一面，应当不会相去太远。他只能从他们显之于外的一面去理解隐之于内的东西,此所以他对奥黛特一无所知,与他相处时显得那么高贵的女子曾一度频频光顾妓院,实在让他难以置信。与此相似,他对朋友其实也并不了解,午餐时还和他一处把酒言欢的朋友,晚餐时便发了这么一封用心歹毒、揭他女友老底的信,两相对照,他简直不能接受。

此中有何教训?普鲁斯特警告我们说:"张见他人生活的真相,发现表象底下潜藏着的真实世界,往往会让我们大吃一惊,如同造访一所看去极寻常的屋子,入内却见里面满是宝藏、刑具或是骷髅。"即便如此,当面对他人意想不到的伤害行为之时,我们仍应将其视作一个机会,去延展自己对生活的理解。

* * *

比之于上面提到的几个倒霉蛋,普鲁斯特本人面对不幸的方式似乎更值得赞赏。

虽说哮喘令他一到乡间即有性命之虞,虽说看上一眼怒放的紫丁香就让他满脸青紫,他却绝不来维尔迪兰夫人那一套,他不会找碴说花儿令人心烦,也不会宣称一年到头闷在门窗紧闭的屋里大有好处。

虽说知识上有不少欠缺,他却不羞于设法弥补。他问吕西安·都德(其时都德年方二十七岁):"《卡拉马佐夫兄弟》的作者是谁?""鲍斯威尔(他把 Bosswell 说成 Bosswelle)的《约翰

088.

生传》（他将书名说错）有没有译本？狄更斯的小说哪一部最好？（他的书我一本都没看过）"

此外，我们也从未听闻他拿下人出气之事。普鲁斯特深谙化痛苦为思想之术。他相与的那个司机奥德隆·阿尔巴赫甩了他与一女子结婚（那女子后来成了他的女仆），遭此情场变故，他还能在新人成婚之日发电报祝贺，而且信中没几句自怜的话，还尽量不让对方感到歉疚。下面即是电报全文，活体字的一句尤堪玩味：

恭喜。我不能多写，因我得了感冒，人很疲乏，但我还是要向你和你的家人送去最诚挚的祝愿，祝你们幸福美满。

此中有何教益？教益即在于，我们须认清幸福生活的秘诀乃是从各种以密码形式出现的痛苦中获取智慧，咳嗽、过敏、社交场上失态、遭人暗算，等等，等等，无一不是了悟的契机。千万别学忘恩负义之人，这种人不是骂别人讨厌，就是拿豆子撒气，要不就派时间和天气的不是。

五　传情达意

　　观察一个人对何事最为恼怒，往往可知其人，学会这样去观察，也许不失为有意义的事。普鲁斯特最受不了的，是某些人的说话方式。吕西安·都德告诉我们，普鲁斯特有个朋友以为说法语时来上几句英语很潇洒，因此每到分手时便说"Goodbye"，或者更随便点，就说"Bye, bye"。"这让普鲁斯特极不自在，"都德描述道，"他会发出怪声，如同粉笔划过黑板嘎吱作响，而后便是攒眉蹙额，做痛苦不堪状，还要大嚷着加上一句'真让人酸掉大牙，什么玩意儿！'"普鲁斯特对人们喜用老套的表达同样表现得很不耐烦，比如提到地中海，便说"碧蓝碧蓝"；提到英格兰，便称"阿尔比恩"（Albion 为英格兰旧称）；说到法国军队，必称"我们的小伙子们"。他受不了有人一说到下大雨就是"大雨如注"，一说到天气冷就说"冷得刺骨"，说到某人耳朵不好使则必说"聋得像个罐头"。

　　这些词语何以让普鲁斯特如此不耐？自他那个时代到现在，

五 传情达意

090.

人们说话的方式已有所改变，不过上述例子表达之贫乏拙劣，还是显而易见。普鲁斯特尽管大皱眉头，他所不满者却并不在语法（他曾自卖自夸道："句法我是一窍不通。"），他难以忍受的是喜好卖弄词句背后的心理。1900年那时节，操法语而夹杂些英文字眼，不说英格兰而说阿尔比恩，不说地中海而说蔚蓝海洋，可以说是时尚中人的标记，如此说话即显得风雅新潮，见多识广，实则这些字眼空洞无物，大而无当，纯属陈腔滥调。告退时来上一句英语的"再见"实在毫无必要，除非你是要在英国风大行其道之时显示你一点都不落伍。"大雨如注"之类虽不像法语中没必要地夹杂"Bye, bye"那么无聊，却也并不就好到哪儿去，频频遭用这些字眼正好说明说话者对道出特定的情境并不在意。普鲁斯特讥嘲挖苦，其实是意在捍卫一种坦率、明快的表达方式。

吕西安·都德向我们描述了他怎样开始体味到了这一点：

有天我们去听贝多芬的《合唱交响曲》，听罢从音乐厅里往外走时，我想表示自己刚才大为感动，便随口含混地哼了几句，以夸张的语调高声说："这一段真是妙不可言。"（到后来我才明白这真可笑。）普鲁斯特笑起来，调侃道："亲爱的吕西安，哼几个音符可传达不出该曲的妙处。别光哼哼，你最好说说看，它妙在何处。"我当时很有几分不快，不过，他真是给我上了难忘的一课。

普鲁斯特有个叫加布里埃尔·德·拉罗什富科的朋友。此人是公子哥儿，祖上乃是因写《箴言集》在十七世纪享有盛名的拉罗什富科。他最喜泡在巴黎各家有名的夜总会，以致同辈中喜挖苦人者给他起了个绰号，叫作"马克西姆酒店的拉罗什富科"。但在 1904 年，加布里埃尔忽从欢场中抽身退步，要到文坛上一试身手。结果是一部名为《医生与情人》的小说。此作刚杀青，他即将手稿寄给普鲁斯特，请他指点一二。

普鲁斯特作书回复道："请相信我，大作精彩有力，匠心独运，是一部不同凡响的悲剧小说。"这封长信的开头颇多称颂之辞，可再读下去，加布里埃尔恐怕就有点不自在了。因为这部不同凡响的悲剧小说似乎有点毛病，满纸陈词滥调就是一端。普鲁斯特斟词酌句地解释说："您的小说中写到一些优美的大场景，彼时读者或许更喜欢作者的描绘带有独创色彩。日落时分，天空的确像在燃烧，但是类似的表述别人用得太多了。此外，说月亮羞涩地发着光也很落套。"

我们该问问，普鲁斯特何以对陈腔滥调如此反对？难道日落时天空不是像在燃烧？难道说月亮羞涩地发着光有什么错？若非说得巧妙，这些常见的表达怎么会人人摇笔即来？

事实上，习见表达本身的意思并不错，问题在于流于浮面，将好些动听的词联在一处就算完事。不错，日落是火红的，月光也确似踽踽独行，但是如果每写到太阳月亮都是这一套，到临了我们就会相信只能这么写了，实则这样的表达不过是最初级的描写。陈词滥调之害，即在于它们仅抓住了一点皮毛，却令我们误以为这些词已将某个具体的情境一言道尽。我们的表达方式实与我们的感受方式息息相关，而我们描绘这个世界的方式必在某种程度上反映出我们最初怎样体验这个世界，正因如此，陈词滥调之害，委实不可等闲视之。

加布里埃尔提到的月亮当然有可能是"羞涩"的，不过也还可以有其他更好的描写。《医生与情人》出版八年后，《追忆逝水年华》的第一卷问世，我们也许会好奇地设想，加布里埃尔（假如他并未重堕马克西姆酒店荡子生涯的话）会不会留意到普鲁斯特书中也写到了月亮。普鲁斯特尽弃两千年来关于月亮的种种陈说，独出心裁以一不寻常的比喻来传递对月亮的感受：

有时，月亮会出现在午后的天上，像一小片白云，轻轻走来，悄无声息。此时的月亮让人联想到一个暂时不必登场、尚未着戏装的女演员，她想走到前台一侧且看一会儿同伴的演出，又生怕被人发现，所以蹑手蹑脚，尽量藏在幕布之后。

普鲁斯特这个比喻的妙处不难领会，但要我们自己也想出这么一个来却决非易事。月亮给我们的印象也许正是这样，但如果我们看到了下午的月亮，而有人又请我们说出个子丑寅卯，我们说出的多半还是老一套。我们也许会意识到自己对月亮的描述并不高明，却不知怎样才能说得好些。我们总以为现成的说法（比如说到太阳、月亮就是"金色的星球""天体"之类）不会有错，觉得说话无需新意，和别人一样就行。对普鲁斯特，这却是不能容忍的，在他看来，说话就应道出独特感受，袭用陈词滥调毫无道理。

跟别人学舌的确有其诱人之处。某些习见的表达方式让我们的言谈听起来颇像那么回事，显得振振有词、聪明机智、世故练达、矜持含蓄，或是感人至深。普鲁斯特笔下的阿尔贝娜到了一定的年纪就特想学别人的说话方式，为的是说出话来像个布尔乔亚女子。她开始学着用中产阶级女子常用的语句、词汇，盲目地从她姨妈本丹夫人那里拣来了一大堆陈词滥调。普鲁斯特就此打了个比方，说那就像小金翅雀要显示自己已然长成，跟在老金翅雀后面学模学样。阿尔贝蒂娜人云亦云成了习惯，到后来不管别人说什么她就跟着重复一遍，以表示对正说的事情很感兴趣，而且还正想着发表点什么高见。若你对她说某个艺术家的作品很精彩，或是他的房子不错，她必会说："啊，他的画的确很精彩，你不这么想？"或是，"他的房子不错，你不觉得吗？"还有，若遇到不寻常的人，她必会说："他可是个人物。"你若提议玩牌，她必会来上一句："我可没工夫陪你烧钱。"若是朋友错会了她的意思，她必会高声说："您真是孤陋寡闻！"她刻意学来的所有这

五 传情达意

些名堂，皆属普鲁斯特所谓"几乎与'华而不实'一词本身一样久远的布尔乔亚传统"，这个传统遗下了一大堆说话的规矩，体面的富家小姐非学不可，"就像她得学会祈祷学会礼仪一样"。

从普鲁斯特对阿尔贝蒂娜的嘲讽中，我们也了然他何以对路易·冈德拉特别感到失望。

路易·冈德拉是二十世纪初的知名文人，《巴黎评论》的编辑。1906年，有人邀他编一部乔治·比才的书信集，并为这部书信集写一篇序。这是很风光的事，当然不能儿戏视之。比才三十年前去世，是位有世界声誉的作曲家，歌剧《卡门》《C大调交响曲》奠定了他不朽的地位。给这么一位天才人物的书信集作序，冈德拉的压力可想而知。

乔治·比才

不幸的是，冈德拉就像普鲁斯特笔下的金翅雀，老想着显出自己是个大家伙，实际上却又力不从心，结果写出了一篇皇皇大论，托大到近乎可笑。

1908 年秋的某一天，普鲁斯特躺在床上看报，看着看着，目光落在冈德拉序言的摘录上。冈德拉的散文笔调让他大倒胃口，以致他忍不住写信给比才的遗孀斯特劳斯夫人（斯特劳斯夫人恰好是他的朋友）发泄心中不满之意。

路易·冈德拉

"为什么明明可以写得好点，他却写成这样？"普鲁斯特实在困惑，"提到1871年，直说就行了，干吗加上'最令人痛心的一年'；为什么提到巴黎，非得紧跟着强调一句'伟大的城市'，说到德劳内就要称'伟大的画家'？为什么感情非得是'节制'的、好脾气必是'令人愉快的'，而写到丧亲之事则必用'冷酷'修饰？此类绝妙好词触目皆是，实在是不胜枚举。"

冈德拉刻意嵌进的这些字眼当然无"绝妙"可言，不过是对"绝妙好词"拙劣的模仿而已。这些词出现在古典作家笔下，也许曾给人留下深刻印象，但是后来经不住那些只知卖弄文采的作者频频袭用，早已成为纯粹的装饰。

五 传情达意

倘若肯在如何写得诚挚真切这方面多操点心，冈德拉便不会因想到1871年那年很糟就例行公事般地加上一句"那是最令人痛心的一年"。1871年初，普鲁士军队围困巴黎，市民饿得连巴黎动物园里的大象都杀了吃；普鲁士士兵在香榭丽舍大街昂首阔步；巴黎公社实行恐怖统治……这些都是实情，但是就仗冈德拉笔下夸饰空洞的字眼，何能传达这些经验于万一？

但是冈德拉使用这些空洞的漂亮字眼乃是有意为之。他认为文章就得这么写，喜用漂亮字眼不过是他的主张的自然延伸。在冈德拉看来，好文章就得学步前贤，前代名家的作品即是最好的范本，坏文章则总是起于狂妄的念头——以为写作不必模仿前人，就当师心自用。冈德拉在别处曾以"法兰西语言纯洁的捍卫者"自命，主张如此，自无足怪。语言须纯正，万不可让堕落文人肆意玷污，冈德拉对这类文人深恶痛绝，因为他们拒不遵从传统认可的种种表达方式，但凡见其报章文字中过去分词使用不当或误用某词，他便要兴师问罪，鸣鼓而攻。

普鲁斯特对冈德拉的保守主张当然不以为然，他向斯特劳斯夫人言明他的立场：

每个作家都须创造出自己的语言，一如每个小提琴家都须创造出他独有的"音色"……我不是说但凡有原创性的作家我都喜欢，不管他写得好不好。我喜欢——这也许是我的毛病——那些有原创性而又写得好的作家。说他们写得好乃是因为他们有原创性，有戛戛独造的语言。精确、优美的文体当然是有的，但那并非人们通常以为的那一种，它恰恰来自原创，经由磕磕碰碰的摸索终而获致。"羞怯的感情"、"令人愉悦的好脾气"、"最令人痛心的一年"之类，毫无精确可言。捍卫语言的惟一方式就是向它挑战，没错，没错，就是向它挑战，斯特劳斯夫人！

冈德拉虽口口声声嚷着要捍卫语言的纯洁性，却不免忽略了这样的事实：为了将自己的情思表达尽致，文学史上每一位杰出作家均越出了前辈作家确立的规范。普鲁斯特讥讽道，若是生活在拉辛那个时代，冈德拉这位"纯正语言的捍卫者"甚或会去教训被视为纯正法语化身的拉辛，因为拉辛的语言与前人相比也小有出入。他很好奇，若是看到拉辛《安德洛玛克》一剧中的下列诗句，冈德拉会做何反应：

你感情屡变，我仍爱你；一心待我，我们的爱情又会怎样？……
为什么你要杀了他？他有何罪？你有什么权力杀他？
是谁让你下此毒手？

这些诗句美则美矣，但是不是坏了纯正法语的规矩？普鲁斯特想象冈德拉会怎样给拉辛来上一顿酷评：

五　传情达意

098.

　　我明白你的逻辑，你必是这么想：你情感屡变，我仍然爱着你，若你一心爱我，我们的爱情将多么美妙。但是像你这么遣词造句不可取。你说你会忠于爱情，即足以传情达意。身为纯正法兰西语言的捍卫者，我不能容忍你这么写。

　　普鲁斯特写道："我向你保证，夫人，我不是在嘲笑您的朋友，"话虽如此，他既挖苦得兴起，自然下笔不能自休，"我知道他是多么有才，又是如何渊博。问题出在'教条'二字上。此人事事均持怀疑态度，对语法的规矩倒坚信不疑。可是天哪，斯特劳斯夫人，哪有什么金科玉律？就连语法也没有！……只要打上了我们个人的印记，状写出我们的选择，我们的喜好，我们的彷徨，我们的欲望乃至我们的弱点，那便是好文章。"

　　个人的印记不仅令作品更具美感，而且显得更真实。如果你事实上不过是《巴黎评论》的一个编辑，却老试着用夏多布里昂或雨果的腔调说话，那只能说明你对发出自己独特的声音，亦即你路易·冈德拉所以为路易·冈德拉的独到之处，并不留意，倒颇似鹦鹉学舌，一心把自己弄得像巴黎中产阶级淑女的阿尔贝蒂娜，明明可以是个有自己特点的姑娘，却开口"您真是没见识"，闭口"没工夫陪您烧钱"，全然丢了自己的个性，硬是把自己填进死板矫情的社会模子里。如果确如普鲁斯特所言，我们必得创造出自己的语言，那恰恰是因为，惟有在创造中我们才可从陈词滥调的包围里脱颖而出，获得新的空间，这要求我们淡看礼仪之类，如此才能更好地表现出自己独特的气质。

在私人生活的领域内，语言的个人印记是再明显不过的了。我们对某人知之越深，便越觉其通用名似不敷用，总想给他另立新名，这才可见出我们对他的了解不同一般。普鲁斯特出生证上的名字是瓦伦丁·路易·乔治·尤金·马塞尔·普鲁斯特，这名字长得叫人受不了，他周围的人都觉着还是径呼作马塞尔之类来得好些。在母亲那儿，他是"我黄色的小宝贝"、"我的小金丝雀"、"我的小傻瓜"、"我的小淘气"；又叫"我可怜的狼儿"、"可怜的小狼崽"，或"小狼崽"（马塞尔的弟弟罗贝尔她则唤作"我的另一只小狼崽"，以示长幼之别）。在友人雷纳尔多·哈恩那里，普鲁斯特是"布昂彻"（他则呼雷纳尔多"班尼布斯"）；在另一朋友安通纳·毕拜斯克那里，他则成了"勒克阿姆"，当其太过亲热时，又呼他"马屁精"，或是隐晦地叫作"土星人"。在家里，普鲁斯特让女仆称他"马尔索"，他则叫她"普鲁普鲁"。

若说"马尔索"、"班尼布斯"、"黄色的小宝贝"之类的称呼显示出构筑新名可传达彼此关系中新的一面，那普鲁斯特之名屡被张冠李戴，与相似之名相混，则恰可见出另一种不妙的情形，即人们不愿费神为了记住人之各个不同而扩展自己的语汇。那些对普鲁斯特知之甚少的人当然没有私下给他另立新名之好，不仅

五　传情达意

100.

如此，他们还屡将普鲁斯特错当作当时名气远在他之上的另一作家马塞尔·普沃斯特，叫人好不沮丧。1912 年，普鲁斯特还特别提到此事："我真是无名鼠辈。难得有读者读了我在《费加罗报》上的文章后给我写信，收信人的名字写的却是马塞尔·普沃斯特，对这些读者而言，我的名字似乎只能是个印刷错误。"

用同一字眼描述全然不同的两个对象（《追忆逝水年华》的作者普鲁斯特和《半个处女》的作者普沃斯特）暗示了人们对真实的世界殊相的漫不经心，人们总是以为现成的表达即足以将其道尽。见大雨只知说"大雨如注"的人必是对大雨之千姿万态毫不留心，将凡 P 字开头、结以 t 的作家尽以为马塞尔·普沃斯特的人，则必是对文字风格之各个不同全无会心。

是故若说使用陈词滥调大成问题，那恰是因为世上种种，举凡下雨、月亮、艳阳、情感等千差万别，远非老套的表达所能穷形尽相，老套的表达总是与我们的期待相去甚远。

普鲁斯特笔下的人物倒是言谈举止各不相同，决无定型的模式。且举一例：照通常的观念，围着家人打转的老姨妈总是耽于家人过好日子的种种白日梦。普鲁斯特笔下的莱奥妮姑妈则与之不同，她虽深爱家人，却喜想象他们处于悲苦之境，而此种想象还能给她某种快感。她躺在床上，整日唠叨她一身是病，如此度日乏味之极，她巴不得有些刺激，即令来些可怕的事也比死水一潭为好。她想象的最刺激之事是家中失火,房屋烧作白地,全家人无一幸免,但她自己倒能不慌不忙,从容逃离火海。多年后她还对家人的遭难伤心不已,虽是举步维艰,她却还强扶病体,亲往主持悼念葬礼,虽当大难却有勇气直面,衰年之人却坚强无比,令全村人皆为之感叹不已。

莱奥妮姑妈显然宁可于想象中饱受痛苦折磨,也不会承认她的想入非非颇有快意——此种心理其实并不罕见,只是很少被深究而已。

阿尔贝蒂娜也颇有些看似离奇实属正常的念头。有天早上她走进叙述者的房间,忽觉爱恋之情油然而生,她赞他如何聪明过人,且赌咒发誓,说宁死也不会离他而去。要是我们问阿尔贝蒂娜何以忽然间情感高涨,可以料想,她必会回答,那是因男友才气过人或是气质不凡,我们多半也会对她之所言信之不疑,因为这似乎合于人们通常对情感发生机制的解释。

但是,普鲁斯特却不动声色地让我们了然阿尔贝蒂娜忽然间对男友情感大发的真实原由:那是因为叙述者那天早上胡子刮得特别干净,而她最喜洁净光滑的面孔。普鲁斯特于此暗示了她的浓情蜜意与他之聪明与否实无半点干系,要是他再不刮脸了,没准第二天她就会跟他说拜拜。

这实在有点煞风景。我们总认为爱情发自内心深处,哪会如

五　传情达意

102.

此浅薄？说她陡生爱意是因为叙述者面孔刮得仔细，阿尔贝蒂娜决不会认账，没准她还要兴师问罪，说你如此妄加揣测，简直是心理变态，而后她就会转换话题。这真是令人遗憾。抛弃老套，代之以对情感机制的全新解释，普鲁斯特提供的并非什么阴暗心理，而是对何为正常何为不正常的更深广的理解。如果阿尔贝蒂娜意识到她的情感反应只说明触发爱意的缘由多种多样，而有些缘由甚于其他，她或许可以静下心来重新掂量她的爱意是否靠得住，也好想想剃须之事在她的爱情中究竟占多大的比重。

经由对莱奥妮姑妈和阿尔贝蒂娜的描述，普鲁斯特向我们展示了一幅人类行为的图像，这图像初看但觉离经叛道，与正统的解释大相径庭，但最终我们也许会认识到，它比它所质疑的那幅图景逼真得多。

由此想去，我们或可从中约略探得普鲁斯特对印象派画家的经历大感兴趣的个中消息。

1872年，亦即普鲁斯特出生后的第二年，克洛德·莫奈那幅题为《日出印象》的油画首次展出。这幅画作描绘了勒阿弗尔港口黎明时分的情景：港口工作区的大致轮廓——起重机、吐着烟的烟囱、建筑——透过浓密的晨雾和满画面匪夷所思的破碎笔触，观者所能辨出的，就是这些了。

克洛德·莫奈:《日出印象》

  这幅画当时在大多数人眼中简直就是一团糟,批评家们更是大为恼怒,他们语带讥嘲地将这画的作者和其他画风与莫奈相近的画家称作"印象主义者",指责莫奈绘画技巧太幼稚,其画作不过是小儿涂鸦而已,与勒阿弗尔港日出时的真实情景何曾有半点相似?

  几年后,艺术权威的判断来了个一百八十度的转变,莫奈好得不能再好了。仿佛印象派画家不仅长于用笔,而且捕捉视觉真实的技巧已臻化境,令当代画家相形见绌。我们该如何解释此种

五　传情达意

104.

戏剧性的转变？为何莫奈笔下的勒阿弗尔先被说成一团糟，后来又被称为对港区了不起的再现？

普鲁斯特的回答是从我们人人不免的习惯开始的——

回头想想我们自己对某种表达形式的感觉吧，它与现实本身毫无相共之处，而我们很快就接受了。

照这种看法，我们关于真实的概念与真实本身常不能相符，所以如此，实因我们的概念往往是由不充分的或是误导的描述塑造出来的。我们目之所见，耳之所接，尽是对此世界公式化的描述，是故一见莫奈的《日出印象》，我们最初的反应是困惑不解，且要抱怨说，这画看上去与勒阿弗尔一点不像——正像我们刚读到对莱奥妮姑妈和阿尔贝蒂娜的描写时会以为她们的举动缺少现实的根据一样。若说在这一幕中莫奈扮演了英雄的角色，那恰恰是因为他背弃了关于勒阿弗尔的传统的，从某种意义上说也是极受限制的种种表现方法，以便更趋近自我感受，传达出自己对日出的鲜活印象。

为表示对印象派画家的崇敬之情，普鲁斯特特地在小说中安排了一位画家，这个叫作艾尔斯蒂尔的虚构人物兼有雷诺阿、德加、莫奈诸人的特征。有次在海滨胜地巴尔贝克，普鲁斯特笔下的叙述者造访艾尔斯蒂尔的画室，他发现这里的画作类于莫奈的《日出印象》，有意挑战人们对逼真观念的传统理解。艾尔斯蒂尔画中的海景海天一色，天空看上去像大海，大海倒像是天空。在一幅描绘加赫格伊特港口的油画中，一艘驶离港区的轮船似乎是在城区里航行，在岩石间搜寻虾子的妇女则好像身在海里的洞穴中，头顶是轮船和海浪，而船上度假的游客看去就像是坐在敞篷马车上，穿过洒满阳光的原野，又穿过茂密的林荫。

艾尔斯蒂尔并非在尝试超现实主义之类。要说他的作品看上去非比寻常，那也是因为他在试着画出我们打量四周时实际看到的一切，而非我们料想我们会看见的东西。谁都知道船不会在城中行驶，但是当船衬着城市的背景出现时，在特定的光线下从一定的角度看去，有时看上去还真是如此。我们当然也知道，大海天空自有分际，然而有时海天浑然一色，我们实难分辨何者为大海，何者为天空，只是从第一瞥的混沌印象中回过神来，重整我们的理智之后，我们的疑惑方才消失。艾尔斯蒂尔的高明处正在于他将常识之类搁置一边，竭力捕捉延展最初朦胧的印象，并将其凝定于画布之上。

普鲁斯特并不是在暗示绘画艺术在印象派画家的实践中已臻极境，也不是说印象派已然以一种此前各画派均没有的手段一举牢牢擒获了"真实"。他对绘画的欣赏其意远远超出绘画本身，他

106.

之激赏艾尔斯蒂尔毋宁是因为艾的画作特别有助于澄清一个众说纷纭的问题，即每件成功的艺术品不可或缺的东西究竟为何，那就是——一种能令我们重新发现现实中遭歪曲、忽略的一面的能力。普鲁斯特如是说：

我们的虚荣，我们的情感，我们的喜好模仿，我们的抽象能力，我们的习惯，这一切一直都在起作用。艺术的使命恰恰是消除这些作用。引领我们重返正确的路径，循此走入深处，我们会遇上一个真实存在而又内在于我们的未知世界。

内在于我们的未知世界里都有些什么？——在城市里航行的轮船，暂与天空混而为一的大海，关于亲爱家人葬身火海无一逃生的狂想，因光洁的面孔而陡然生出的爱意，这些令人称奇之事，都是。

这一课有何教益？教益是，生活千姿百态，陈词滥调诚不能形容于万一；小金丝雀偶或也会做出不同于父母的反常举动；而以"普鲁普鲁"、"马尔索"、"可怜的小狼"之类的昵称来唤亲近的人，实在大有必要。

六　交友之道

友人心目中的普鲁斯特是何面目？他有一大帮朋友，这当中许多人在他过世后写了追怀的文章，记述他们所知道的普鲁斯特。对他的评价几乎是一面倒的称扬，朋友们不约而同地表示，普鲁斯特堪称交友的最佳人选，简直就是友情的化身。

从他们的记述中我们可领略到这样一个普鲁斯特——

——他是个慷慨的人

"我仍能看见他裹着毛皮大衣（即使在春天也是如此）坐在拉鲁斯餐厅的餐桌旁；我仍能看见他优雅的手势，其时他正在说服你允许他点贵得离谱的晚餐，他对领班的馊主意言听计从，给你叫香槟、异域水果，或是路上留意到的往酒厂里去的葡萄……他会对你说，要证明你对他的友情，最好的办法莫过于将他的款待照单全收。"——乔治·德·劳里斯

108.

——他手面阔绰

"在餐厅,或是其他什么地方,只要有机会,马塞尔总是大把大把地给小费。即使到一家他再也不会光顾的车站自助餐厅,他也照给不误。"——乔治·德·劳里斯

——他给的小费动辄是餐费的两倍

"如果一顿饭花了他十法郎,他会掏出二十法郎给伙计。"——费尔南德·格雷

——他倒不是为了摆阔

"普鲁斯特出手阔绰已成传奇,不过我们首先该记住的还是他的好心肠。"——保罗·莫兰德

——他不会没完没了地谈自己

"他是最好的听众。即使与关系极近的人在一起,他也很注意分寸,从不让人围着自己的话题转。他会顺着别人的思路去找话题。有时他会挑起话头说说运动、汽车之类,显出一副很感兴趣的样子,等着你高谈阔论一番。他总是对别人感兴趣,而不是试图让别人对他感兴趣。"——乔治·德·劳里斯

——他是个好奇的人

"马塞尔对朋友怀有浓厚兴趣。我从未见过这么不自我中心

的人……他总是想让你高兴。看见别人快乐，他就开心。"——乔治·德·劳里斯

——他从不忽略友情

"不论过度工作还是病痛缠身，他都不会因此冷落了朋友，即使到生命的最后也是如此——他当然不能将他所有的诗情都写入书中，于是他将同样多的诗情奉于生活。"——瓦尔特·贝里

——他是个彬彬有礼的人

"他的礼数真是多得没法说！你会听到他事事都要说抱歉：到一场合，要说对不起；说话，要抱歉；默不作声，也要请你原谅；想心事，要说请原谅；话说得意思有点费解，对不起；甚至对人大大恭维一番之后，也要来上一句请原谅。"——安娜·德·诺瓦耶

——他特别善谈

"普鲁斯特说起话来妙语迭出，引人入胜——即此也难以形容他谈话艺术之高妙。"——马塞尔·普兰德威尼

——在他家做客绝对有乐趣

"在他家进晚餐，他决不会让任何一位客人有冷落之感；他会陪某位喝汤，挨着另一位吃鱼，吃了一半又转到另一人身边

110.

且吃且谈，如此这般，直到一餐用完；不难想象，待到水果上来，他已挨个陪了一圈了。对每一位都体贴周到，足证他的恭而有礼——若是来宾中有一人稍有怨意，他肯定会深感不安。彬彬有礼还不算，以他之善度人意，他还希望确保来他家的每一位都能满意而归。当然，他的晚餐无可挑剔，人人都有宾至如归之感。"——加布里埃尔·德·拉罗什富科

奇的是，友人虽是不吝赞美之辞，普鲁斯特本人对友谊的见解却称得上尖刻至极，我们会发现，他事实上认为友谊的价值极其有限，不拘他付出的友情，抑或他得到的友情，他均作如是观。尽管聚会场合他可以谈笑风生，但他还是相信——

——他宁与沙发为伍

"放弃一小时工作去和朋友聊上一钟头的艺术家都知道，为了实际上并不存在的玩意儿，他付出了什么代价（交友有何益处？朋友在一起不过是做些让人开心的蠢事罢了。我们来者不拒，一辈子乐此不疲，但是心底里谁都清楚，这是自欺欺人，其情形好比相信家具能明白我们说什么而对其大发议论）。"

——谈话是枉费心力

"谈话似乎是表达友情的不二之门，然而所谈者尽是浮浅空洞的鸡毛蒜皮，对我们全无益处。终其一生，我们说个不休，其

实说来说去都是些蠢话。"

　　——友情浅薄无聊
　　"……它将我们引向浅表的自我，代价是远离自我中更真实且无法沟通的那一部分（这个自我惟有通过艺术才能沟通）。"

　　——友谊究其实不过是谎言
　　"……它让我们相信自己并非处于无所不在的孤独之中。"

　　话虽如此，普鲁斯特自己倒并非玩世不恭之人。他并不冷漠寡情，也不缺少去看朋友的冲动（这种冲动他描述为"一种想见到他人的渴望，不论男人、女人，都会有这样的渴望袭上心来，其情形如同长久在医院幽居一室的病人，恨不能夺窗而出"）。

　　所以普鲁斯特与之大唱对台戏的，乃是所有对友谊不着边际的颂扬。比如声称朋友令我们有机会表露出我们最内在的自我，又如与朋友交谈是最称心如意之事，我们可尽去矫饰，放言无忌，坦然呈现真实的自我。
　　普鲁斯特对友谊的怀疑，与他晚宴上出现的加布里埃尔·拉罗什富科之类没头脑的朋友没多大关系，虽说他不得不端着吃了一半的鱼与此辈热络寒暄。他的质疑是更具普遍意味的。在他看来，成问题的是人们关于友谊的概念，即使有缘与那个时代最深

六　交友之道

112.

刻的心灵晤对，倾心深谈，比如说吧，就算他有机会与某个有着詹姆斯·乔伊斯般天才的作家对话，问题还是依然如故。

事实上他还当真与乔伊斯有过一面之缘。1922 年，两位作家都出席了在里兹饭店为斯特拉文斯基、贾吉列夫及俄罗斯芭蕾舞团举行的晚宴，此次盛会系庆祝斯特拉文斯基芭蕾舞剧《列那狐》的首演成功。乔伊斯姗姗来迟且未穿礼服，普鲁斯特则自始至终未脱下毛皮外套。乔伊斯后来曾对人说起他们二人互相认识时的情形：

我们的谈话总是以否定式作结。普鲁斯特问我是否认识某某公爵，我说"不"。女主人问普鲁斯特是否读过《尤利西斯》，普鲁斯特答曰："没读过。"等等，等等。

晚宴结束后，普鲁斯特与那天晚上做东的悉德尼·斯契夫夫妇上了他叫的计程车，乔伊斯问也不问一声，即随他们坐进车里。上车后他的第一个动作是打开车窗，第二个动作便是点上一支烟，二者对普鲁斯特而言恰恰都是要命的。归途中乔伊斯看着普鲁斯特一言不发，而普鲁斯特虽说个不停，却没半句是对乔伊斯说的。车到阿梅兰路普鲁斯特寓所，普鲁斯特悄悄对悉德尼·斯契夫说："请对乔伊斯先生说，让我的车送他回去吧。"计程车果然送乔伊斯回到住所。此后二人再未谋面。

如果这故事听起来有几分荒唐，那恰是因为我们对这样两位大作家彼此会向对方说些什么有太多的想象。对很多人来说，无话可谈动辄说不并不为奇，令人称奇的是《尤利西斯》和《追忆逝水年华》的作者一同坐在里兹饭店的水晶吊灯下，竟然说来说去就是个"不"字，这的确令人遗憾。

我们不妨想象一下那晚上两人的会面非常成功，——一如我们一厢情愿以为的那样——又会是何种情形：

普鲁斯特： （裹着毛皮外套，悄没声息地戳戳面前的美国大龙虾）乔伊斯先生，您认识克莱蒙-多奈尔公爵吗？

乔伊斯： 请就叫我乔伊斯吧。公爵？我跟他很熟，一个出色的朋友，从这儿到里默利克，他是我遇到的最仁慈的人。

普鲁斯特： 是吗？我很高兴我们所见相同（因发现二人有共同的朋友喜形于色），……虽说我还没去过里默利克。

斯契夫夫人：（欠身向普鲁斯特，以沙龙女主人特有的善解人意发问）马塞尔，你知道詹姆斯的大著吗？

普鲁斯特： 《尤利西斯》？当然。谁还能不读这部当代巨著？（乔伊斯闻言面露羞色，然难掩欣喜之情。）

斯契夫夫人：你还能记起书中的片断吗？

普鲁斯特： 夫人，整本书我都记得。比如主人公走进图书馆的

六　交友之道

114.

那一段。请原谅我的法国口音,不过我还是忍不住(开始背诵):"……"

但是,纵使那晚上当真如此圆满,纵使二人后来在回家的车上相谈甚欢欲罢不能,乃坐谈到天明,纵论音乐、小说、艺术、国家、爱情和莎士比亚,谈话与作品、闲聊与写作最终还是两回事,毕竟谈话是谈不出《尤利西斯》也谈不出《追忆逝水年华》的,虽说两部小说都不乏隽永深邃之语,足证二人都可道出不凡之言——这里恰让我们看到了谈话的限制:谈话不可能表达出我们最深层的自我。

此种限制当作何解?何以同一个人能写出《追忆逝水年华》这样的皇皇巨著,谈起话来却口不能言?部分的原因是由于心灵的运作机制。心灵是个极不稳定的器官,说不准何时就会出现一片空白或是心神不属,惟在静定或无所事事之时才会冒出思想的火花,而此时并非真正是"我们自己"。那状态毋宁说倒似一脸孩童式茫然的表情盯着天上飘过的流云出神——说是神不守舍或许并不算夸张。但是谈话时的节奏却不允许留下这样的停顿,因为他人的在场要求我们不断地做出回应,于是我们总觉脱口而出的尽是些蠢话,真正想要说的却没说出,为此我们懊恼不已。

与此恰相对照,一部书则允许我们从时常麻痹的心灵中提炼出精纯之物,它是心灵最活跃之时的一份记录,是对灵感火花的集中再现,而那灵感的火花也许经长年累月的酝酿才得偶一闪现,其前其后,心灵或许始终处于昧暗不明之中。由此看来,同自己心仪的作家见面几乎肯定会大失所望("的确,有些人比他们的书更了不起,不过恰恰是因为他们的书算不上一流"),因为这样的会面中我们只能见到作家寻常的一面,他们超越时空的一面我们则难以窥见。

再者,谈话几乎不容我们对出口的话做出修正,通常的情形是,我们往往不知道自己想要说些什么,总要有合适的机缘才能表而出之。写作则没有这样的限制,写作大体上就是不断的修改,在不断的改写中,原初的想法——粗浅而未加琢磨的意念——得以丰富、细化。当其出现在书页之上时,也许已经合乎逻辑且富于审美意味,一如人们希望看到的那样。反观谈话,我们的初衷谈着谈着即变形扭曲,倘我们一再修正补充,谈话对象即有再好的脾气也要大呼消受不起。

普鲁斯特写作之从心所欲是出了名的,往往要到命笔之际,他才知道自己想写什么。1913年《追忆逝水年华》第一卷问世,其时普鲁斯特根本没想到此书最终会写成洋洋七巨册的鸿篇巨制,计划中该书应是一个三部曲(《在斯万家那边》《在盖尔芒特家那边》和《重现的时光》),而且还准备将后面两部分合为一卷。

六　交友之道

116.

然而，第一次世界大战使第二卷的出版推迟了四年，普鲁斯特的计划因此全然改变，在此期间，普鲁斯特发现还有许多新的东西可写，且明白还得有四卷的篇幅才能将所欲写者道出。结果是，原来的五十万字扩展到了现在的一百三十余万言。

改变的可不仅仅是小说的字数篇幅。每一页，乃至大多数的句子都有修改，也可以说，从手稿到校样，每一个段落都变了样，单是第一卷就有一半四次重写。普鲁斯特每每回看原稿，一看便觉原先所写不能惬心当意，有些字句不当漏掉而竟漏植了，有些原本觉得表达清楚的意思似乎还得重新营构，或是一个新的意象或隐喻当写入书中，以使主题得以丰富和延伸。由那改得面目不清的手稿，我们可看出普鲁斯特怎样精益求精，不停地完善他最初的表达。

出版商可算是倒霉到家了，普鲁斯特送来的手稿字迹潦草不说，交稿之后他还会没完没了地修改。潦草的字迹一变而为字迹工整、优雅的校样，不过是让他更容易看出种种错漏之处，他会再在上面大改特改，改到纸上每一处空白都用尽还不够，有时他还要在纸张的边缘贴上些长签条。

出版商或许会因此不悦吧，但不厌其烦的修改却有助于写出更好的作品。可以这么说，《追忆逝水年华》已然不是一个普鲁斯

逝水年华 拥抱

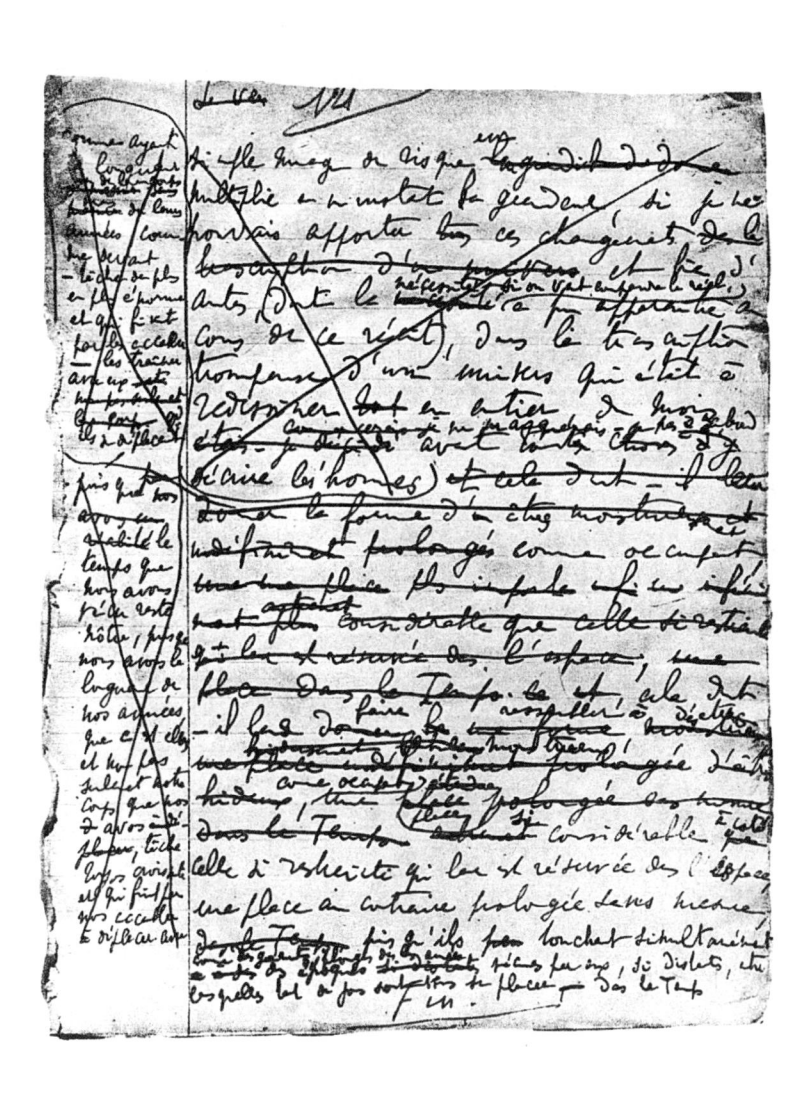

How Proust Can
Change Your Life

117.

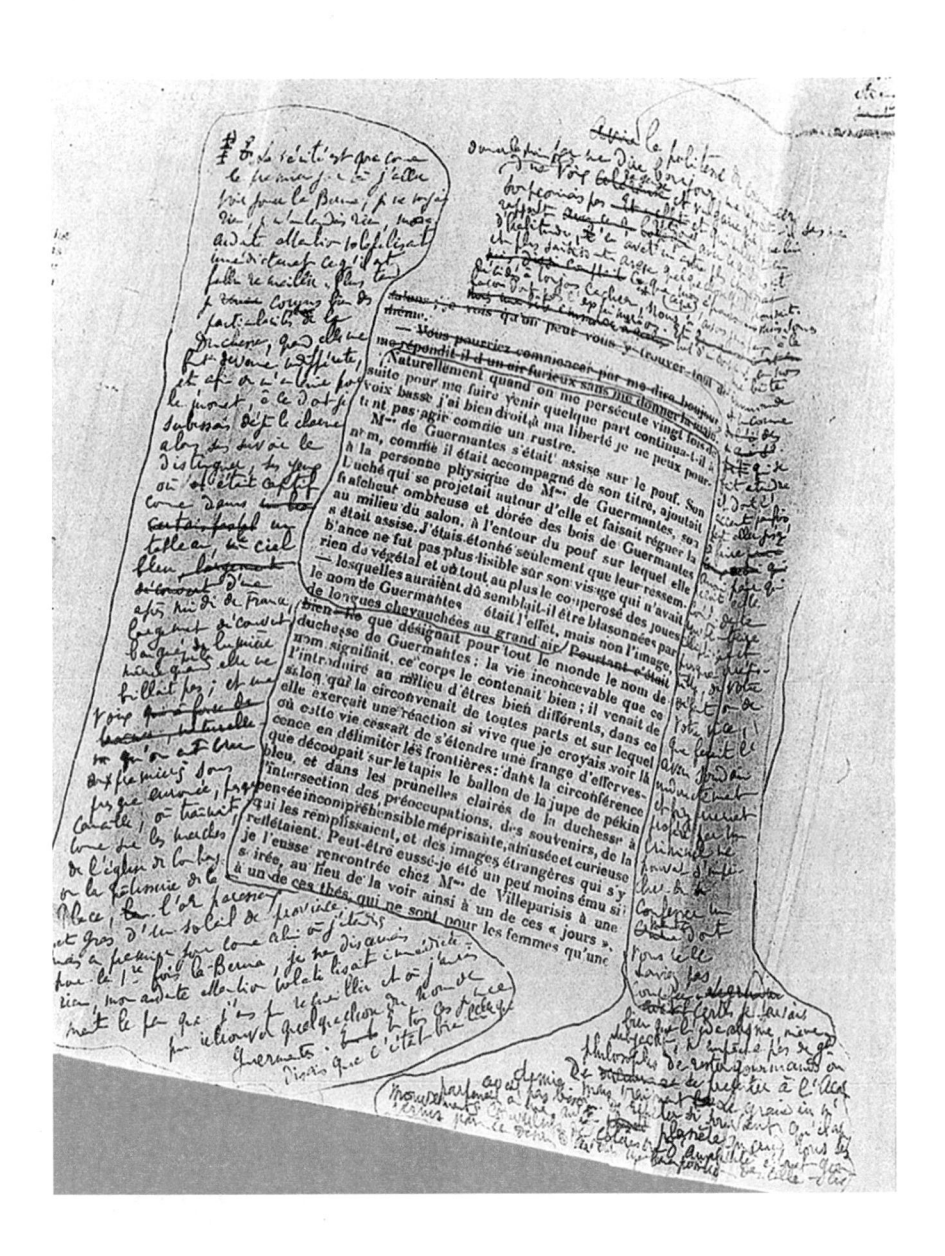

六　交友之道　　　　　　　　　　　　　　　　Alain de Botton

118.

特努力的结果（虽说一个普鲁斯特就叫最挑剔的人无刺可挑），而是好几个眼光独到、造诣不凡的作者通力合作的产物（少说也有三位：作为原稿作者的普鲁斯特＋作为校阅者的普鲁斯特＋作为修改者的普鲁斯特）。从最后出版的书里当然看不到苦心营构的痕迹，或是创作的具体过程，我们读到的只是一个从容、严谨、无可挑剔的声音，所有的句子绝无毛病，可以不易一字，没有一个隐喻须修改，没有一处意思须澄清，也没有哮喘病发作造成间断的痕迹，虽说普鲁斯特写作时当然也得睡觉、吃早餐、写礼尚往来的书信。普鲁斯特倒不是在有心隐瞒什么，他是要矢忠于他写这部小说的初衷，哮喘发作或吃早餐之类，虽说是他生活中不可或缺的部分，与他写此书的动机却了不相关，因为正如普鲁斯特所言：

　　作品是作家另一个自我的产物，这个自我和我们在日常生活中、在社会上以及在恶行中显现的那个自我并非一回事。

＊　＊　＊

　　出之以谈话形式的友谊要以丰富、精确的语言表达出复杂的意念，实在有其限制，不过还是有人在为这样的友谊辩护，认为友谊令我们有机缘以最私密最诚实的自我与人沟通，而且我们于此可以清晰地表露心中所想。

120.

　　这说法颇诱人，但这样的诚实似尚须仰赖以下二事方成为可能：

　　其一，我们的内心究竟有多少念头，特别是，我们对朋友有多少虽说很实在，说出来却可能伤人，虽属推心置腹，说出来却有失厚道的看法。

　　其二，若我们敢大胆直言对朋友的想法，朋友很可能弃我们而去，对此我们是否已掂量好了？而我们掂量的结果部分地又是依照我们对以下问题的意识得来的：我们招人喜爱的程度，我们的品性是否足以保证我们在已然一时开罪了朋友（比如提到人家的未婚妻或是抒情诗时尽说叫人扫兴的话）的情况下仍能与他们做朋友。

　　不幸的是，照这两条来看，普鲁斯特都无缘享受诚实的友谊。首先，他对人有太多虽透辟却不那么厚道的看法。1918年，他遇到一个会看手相的女人，据说这女人瞥了一眼他的手，又对着他的脸端详片刻，便直筒筒地说："先生，你想从我这儿得到什么呢？倒像是你在给我看相。"然而这种鉴貌辨人的本事却并未让他得出什么叫人称心的结论。"没几个人是真正充满善意的，明白这一点让我深感悲哀。"——他如是说。据他的判断，大多数人身上都有严重缺点：

　　世上最完美的人也有令我们震惊、愤然的缺点。比如有人聪明绝顶，总是站在云端里看待一切，从来不说别人个"不"字，但这人会把你极重要的信件揣在兜里忘了发，虽说这信是他主动要帮你邮的，如此这般，误了你极要紧的约会，他还没事人似的，一笑了之，连句抱歉也不说，因为他恰恰把没有时间概念视作他不同凡俗之处。再如有人极优雅极有教养，言谈举止也许太有分寸了，若是对你说到你，凡可能惹你不悦的话，他绝对不会说，但是你却会觉得这人有城府，好多话藏着不说，在心里沤着，与对你说的全然是两码事。

吕西安·都德觉得普鲁斯特拥有"一种并不令人羡慕的洞察力"：

他能发现人心中所有藏着掖着的小奸小坏，而这个发现把他吓坏了：无关痛痒的小小谎言，些许的保留和秘密，装出来的漠然，心怀叵测的花言巧语，因方便起见而说得稍稍走了样的事实……这么说吧，所有会令我们在恋爱时感到担心，或会令友谊蒙上阴影，令我们与人交往索然无味的一切，都一再地让普鲁斯特陷入惊讶、忧伤或是冷嘲。

很遗憾，就诚笃的友情所需的条件而论，普鲁斯特可说是一样也不具备，一方面，他对他人的弱点敏感至极，另一方面，他对自己是否能让人喜欢又有着过分的疑虑（"啊！千万别成了一个让人讨厌的人——那一直是我的梦魇"），同时他又极怀疑如若对朋友道出更多不好听的话，与他们是否还能做得成朋友。前面我们已提及他的自卑（"如果我能对自己的估价高一点该多好！可惜

122.

那是不可能的"），这自卑孕生出极夸张的念头：要想交上朋友，他必当如何如何。虽然对一切关及友谊的溢美之词皆不能苟同，他却还是很渴望得到情感（"当我真正陷入悲伤之时，惟一的慰藉就是爱人与被人爱"）。普鲁斯特曾在"毒化友情的种种念头"项下坦率道出了他在情感问题上近乎偏执狂的种种犹疑："朋友会怎么看我们？""我们是否不够得体？""他们当真喜欢我们吗？"还有，"对朋友另有新朋而将我们遗忘的恐惧"。

这意味着普鲁斯特在任何场合首先想要做到的总是让别人喜欢他，记得他，对他有好评。好友雅克-埃弥尔·布朗彻的话可以让我们对他之在意他人略知一二："他不仅把男主人女主人捧得晕头转向，而且还送鲜花和花样翻新的礼物，为此荡尽家产也在所不惜。"普鲁斯特的心理洞察力（厉害到已然威胁到看手相者的饭碗）使他总能浑不费力即找到得体的话、微笑和鲜花，以赢得朋友的欢心，而他的招数总是有效。他谙晓交友之道，交游甚广，朋友都喜欢与他相伴，且对他关爱有加，在他死后，他们写了一大堆颂扬的书，书名尽是"我的朋友马塞尔·普鲁斯特"（莫里斯·多布雷，一卷本）、"我与马塞尔·普鲁斯特的友谊"（费尔南德·格雷）、"给一个朋友的信"（玛丽·诺德林格）之类。

以普鲁斯特在交友上付出的心力策略的讲究而论，朋友对他报以热忱实不应让我们感到吃惊。比如，甚少交友的人总是想当然地认为，友情是无方之物，我们想谈论的话题也正是别人感兴趣的，用不着在这上面费心。普鲁斯特则没那么乐观，他看到，己之所想未必就是他人所欲，故而认定他还是一直当一个提问者，顺着别人的思绪走为好，免得自说自话，令人生厌。

舍此而外，怎么做都不能说是好的交谈方式："很多人与人交谈时都显得太生硬，他们不管对方是否高兴，只顾自说自话，说来说去都是自己感兴趣的话题。"而交谈要求我们为了令对方高兴在某种程度上放弃自我："我们在聊天时，说话的已不再是我们自己……我们在不断地调整自己，越来越接近对方，而不再是那个与对方反差很大的自我。"

由此我们也就不难明白，普鲁斯特的朋友乔治·德·劳里斯说起他常和普鲁斯特谈论运动和赛车时，何以充满感激之情。此人是个狂热的飙车族，也是个网球手。谁都知道，普鲁斯特对运动和赛车都没什么兴趣，但是与一个对雷诺汽车曲轴情有独钟的人聊天却大谈蓬巴杜夫人小时如何如何，则未免太不知交情为何物了。

交谈并不是为了对自己感兴趣的事情自以为是地大发议论，它首先是为了获得温暖，得到情感上的满足。正因如此，普鲁斯特虽是个智力发达的人，却对纯智识上的友谊提不起精神。1920年夏，他收到好友悉德尼·斯契夫的一封来信（两年后促成普鲁

六　交友之道

124.

斯特与乔伊斯那次糟糕的会面的，正是此人）。悉德尼告诉他，他与太太薇奥列塔正在英格兰的海滨度假，天气晴和，阳光明媚，美中不足是薇奥列塔邀来了一帮兴兴头头的年轻人，这帮年轻人的浅陋无知越来越让他感到沮丧。他写道："真是无聊透了。我不喜欢整天与年轻人呆在一起。他们的天真令我难受，我不想败他们的兴，可也不愿都由着他们。有时我对人也有兴趣，不过这些年轻人我不喜欢，他们太无知了。"

此时普鲁斯特在巴黎正缠绵病榻，他很难理解有人会因与年轻人一同在海边度假而闷闷不乐，而这些年轻人的惟一过错不过是没读过笛卡儿：

我的心智活动完全是个人化的，有时也有与他人的交流，但这与他们智识的高下无关，对我而言，只要他们善良、诚实就行。

即使谈论严肃、高深的话题，普鲁斯特首先也还是在倾听别人的见解，而非像有些人那样，兀自忙着发表自己的高见。他的朋友马塞尔·普兰德威尼，亦即另一部题为《与普鲁斯特在一起的日子》的回忆录作者，曾说起普鲁斯特理智的谦恭，他总惦着他的话是否令人生倦，话题是否引人入胜，或是说得是否委婉。普鲁斯特说话，时不时就要来上一句"也许"、"可能"或是"你不这么想？"。在普兰德威尼看来，从中恰可见出普鲁斯特想让对方感到舒心的意愿。他心里或者正在嘀咕:"也许我说错了话,惹他们不悦了。"普兰德威尼并非在抱怨,此种犹疑毋宁是人们更愿意看到的,特别是在普鲁斯特情绪低落的时日:

普鲁斯特最悲观之时的某些声言颇令人惊讶,这些谦恭之辞则让人面对诸如"友谊纯属虚构"、"爱情是个陷阱,带给我们的除了痛苦还是痛苦"之类的断言时,多少会感到几分释然。如其没有这一面来中和,那些话听来就未免太冷了。

——您不这么看?

不管普鲁斯特如何风度迷人,还是有些人不客气地将其说成是过分的多礼,他们认为普鲁斯特实在是礼多,有些爱调侃的朋友甚至发明了一个专用的嘲讽字眼,以形容他古怪的社交习惯。费尔南德·格雷写道:

我们这个朋友圈里发明了一个叫作"普鲁斯特做派"的词,意指过于绅士气,里面也有世俗所谓矫情、让人起腻、花言巧语之意。

普鲁斯特对劳合·海曼的殷勤有礼,可说是所谓"普鲁斯特做派"的最好注脚。劳合·海曼是个徐娘半老风韵犹存的名妓,奥尔良公爵、希腊国王、埃根·冯·弗斯腾伯格亲王,后来还有

六　交友之道

126.

普鲁斯特的舅公路易·威尔等，都曾是她的恩客。普鲁斯特初遇劳合时还不到二十岁，劳合遂成为他展示"普鲁斯特做派"的第一个对象。他给她写信，信中全是赞叹之辞，信之外，还送上了巧克力、鲜花、饰品，这些礼物均价格不菲，以致他父亲不得不警告他不可如此挥霍。

致海曼的信通常都是这么起头："亲爱的朋友，我的快乐之源，"接着就会说到请花店送来的不成敬意的小玩意，"这儿是十五枝菊花，我希望花茎像我吩咐的那么长。"要是花茎不够长，或是劳合要什么比花花草草更昂贵或更耐久的信物，他便奉上赞美之词，称劳合是天生尤物，蕙质兰心，优雅高贵，还说她花容月貌，犹如仙女下凡，能够颠倒众生。

如此这般，到信的结尾处曲终奏雅，表白心迹，似乎是再自然不过了。不惟如此，普鲁斯特还有个建议："我建议将这个世纪称作劳合时代。"就这样，劳合成了他的朋友。

这里是劳合的玉照，摄影师是保罗·纳达尔，照片差不离就摄于那束菊花送到劳合门前之时。

"普鲁斯特做派"的另一受益者是诗人兼小说家的安娜·德·诺瓦耶,写过六部诗集,算不上什么令人难忘之作,不过在普鲁斯特眼中,她却是位可与波德莱尔比肩的天才。1905年7月,诺瓦耶将其小说《操控》寄赠普鲁斯特,普鲁斯特复信赞她简直是创造了一个星球,"一个可供人类沉思的奇妙星球"。她不仅是天体的创造者,而且也是个神话中的女子。普鲁斯特向她发誓:"我一点也不羡慕尤利西斯,因为我的雅典娜更美丽,比他的女神拥有更多的智慧和知识。"几年后,普鲁斯特为《费加罗报》撰文评论安娜的诗集《目眩神迷》,他写道,安娜创造出了可与维克多·雨果媲美的意象,她的作品令人炫目,堪称印象主义文学的典范之作。为向读者证明他所言不谬,他引了安娜的几行诗:

这时一支看不见的利箭飞出,
飞向世界穹顶上一只柔弱的鸟。

"你何曾见过如此华美圆融的意象?"他问道。——读至此处,读者若心疑腹诽犯嘀咕,暗道"见过,而且见过不少哩",甚或怀疑论者中了邪,真是情有可原。

然则是不是普鲁斯特是个极端虚伪的家伙?"虚伪"一词暗示了藏在好心、善意背后的恶意和机心,既然普鲁斯特对劳合·海曼的真实感受不可能像他夸饰的言词中表露的那样,没准

六　交友之道

128.

他话里有话，看似赞美，实为讥讽哩。

这种判断也许过于戏剧化了。毫无疑问，他的"普鲁斯特做派"没几回是十足当真的，但是那里面却也传达出这样的信息："我喜欢你，希望你也喜欢我。"当此之时，普鲁斯特是诚心的。十五枝长茎菊花、奇妙的星球、颠倒众生、雅典娜、女神、华美的意象之类，不过是普鲁斯特自疑的派生物：他感到单凭他自己的情意还不足以确保得到他人的关爱，还得有些附加物才行。我们不该忘记，前边提及的，他对自己的令人气沮的评价［"我的自我估价还不如安东尼（他的管家）对他自己的评价"］。

水至清则无鱼，绝对的诚实在友谊中其实是不存在的，朋友兴头头展览自己的诗集，或是让你看看刚出生的宁馨儿，当其时也，说说好话几乎是不可免的，我们不可因普鲁斯特社交礼数上过于夸张忽略了此一事实。将此种礼数说成是虚伪，乃是无视我们有时说说假话并非出于什么不良企图，倒是想证实我们的情感。文章是自己的妙，孩子是自己的好，这可说是人之常情，是故要是见了朋友的作品不表欣喜之情，见了朋友有孩子不夸上几句，他们或许就会疑惑我们是否当真喜欢他们。朋友总是想从我们这里得到赞许之词以证实我们对他们的爱，岂不知有时我们虽对他们不满却仍然喜欢他们，这二者之间实有距离。我们想象得出，有的人有诗人的忧郁却又世事洞明，有的人夸夸其谈却很迷人，有的人有口臭却让人想亲近，这些都是可能的。但是人往往是敏感的，这意味着如果说出负面的看法，多半会危及彼此的交情。我们总以为人家背后对自己的议论多是出于恶意（或是不满之意），而对刚刚与我们闲聊的人就觉得近乎，我们会嘲笑他的习惯，却依然对他有好感。

普鲁斯特曾将友谊比作阅读，因为交友与阅读均涉及与他人的交流。不过他以为阅读有一好处是交友所无的：

当你阅读之际，友谊忽然间回到了原本的纯净。面对书本，我们用不着虚情假意。假如我们整晚与书相伴，那只有一个原因，我们喜欢。

而在现实生活中，我们去赴晚宴常常是因为担心不赴宴则可能令朋友不悦，伤及彼此的交情，即是说，我们是因想到朋友不免会多心，不得已才打起精神去吃这顿没滋没味的饭。与书为伴则是何等惬意！至少只要我们愿意，我们可随时捧起，如觉厌倦则可弃书不观，面露不悦之色也不打紧。如果有幸和莫里哀一起共度一个晚上，即令在这位喜剧天才面前，我们也难免偶或强令自己露出虚假的微笑，正以此，普鲁斯特说他更喜与书本为伍，而不喜在生活活剧中的交流。至少，当面对书本之际——

（我们）觉得莫里哀的话诙谐有趣，我们才笑；如果觉得腻味了，

六　交友之道

130.

我们面露厌烦之意也无妨，而一旦不想再往下读，可以径直把它放回原处，根本不用想如此行事是否唐突了这位天才而兼名流的大人物。

面对每一桩友谊中都显然不可免的虚假，我们当做何反应？同一把友谊的伞下，却总是存在着两个彼此矛盾的方面，一面是我们得维系感情，另一面是我们想表达出真实的自我，对此难题，我们当如何措置？普鲁斯特是个极诚实的人，同时又是个极度渴求情感的人，正因如此，他发展出他独有的一套交友之道，竭力使两方面各臻极致而无所滞，照他的判断，对情感的追求和对诚实的追求，二者格格不入，不是偶尔难以两全，而是根本无法兼得。这意味着普鲁斯特在友谊上采用的是一种狭义的概念：他要的是与劳合愉悦地互通情款，而非对莫里哀说他令人厌烦，或是对安娜·德·诺瓦耶说她根本不知诗为何物。你可能会悬想，如此一来，普鲁斯特未免不够朋友，实情却恰恰相反，他将二者分得一清二楚，交情归交情，诚实归诚实，反使他在两方面都更应付裕如，他是个好性子、可靠、迷人的朋友，同时他又是个诚实、深刻、决不会陷入温情主义的思想者。

要说明这种桥归桥、路归路的截然二分如何影响到普鲁斯特的为人处事，他与费尔南德·格雷的交往不失为一个好例。格雷与他一度是同班同学，后来又是写作上的朋友。普鲁斯特出版第一本小说集时，费尔南德·格雷已在文学期刊《巴黎评论》任要职。普鲁斯特自己也认为这本《优游卒岁录》有毛病，不过要求老校友美言几句不能算是过分吧？未料对格雷而言，这还是强人所难了，关于普鲁斯特的写作，他在《巴黎评论》上甚至一字不提。他倒是在杂志上留了点篇幅写了书评，但他只谈插图、序言及随书附赠的钢琴琴谱（附赠琴谱是商家伎俩，与普鲁斯特毫不相干），结末还要来上一番嘲讽，说这书是托了人情才得以出版。

要是你有格雷这么个朋友，而他不久之后出了本写得糟糕至极的书，寄上一本要你发表高见，你会怎么做？普鲁斯特几星期后就碰上了这样的问题——费尔南德将自己的诗集《童年的家园》寄赠普鲁斯特，若是此书可以称善，将诺瓦耶比波德莱尔也真算不得什么过头话了。普鲁斯特正可借此良机出掉从格雷那儿受的一口恶气，直言他的诗水准太低，劝他不要不务正业。但我们知道，这不是普鲁斯特的方式，我们看到的是，他很大度地写了封信向格雷道贺。信中写道："您的诗令我有惊艳之感。我知道您对我的书颇有微词。但那显然是因为您认为我写得不好，既然发现您书中的好处，出于同样的理由，我得对您直言我读后的感受，也对别人这么说。"

给朋友写了信过后却决定不将其付邮，这种事是常有的，而寄出的信往往比没寄出的更有趣。普鲁斯特去世后，从他遗下的文件中，人们发现了给格雷的一封短简，写信的时间稍早于他寄出的那封信。信中的话要刻薄得多，难以接受得多，但其中透露的信息却更为真实。他对格雷寄赠《童年的家园》表示感谢，接下来的赞词却都是说书写得够长够厚，只字不提诗的水准，再往下还有些伤人的话，说格雷傲慢、不可信赖、幼稚等等。

为何他写了信却未寄出？一般人认为朋友间结了怨应该坐下来开诚布公地谈，然而这么做可能带来的不良后果也许会让人踌躇再三。普鲁斯特可以将格雷邀到酒店，叫上最上等的葡萄，往侍者手里塞上五百法郎小费令其小心侍候，而后与格雷开谈，轻声慢语对他说，他似乎有点过于傲气，对别人不够信赖，而且幼稚得有点孩子气。结果会怎样？结果会发现格雷马上涨红了脸，推开面前的葡萄，气冲冲走出餐厅，弄得刚赚了笔外快的侍者莫名惊诧。这么做除了与自视甚高的格雷两人之间生出嫌隙，还能有什么益处？再者说，普鲁斯特与这类人交友，难道就是为了证明他识人之准，一如算卜者之能读懂手相？

对令我们心生怨愤之人反唇相讥兜其老底，往往太过伤人，这些笨拙的想头还是叠叠收收，存放到某个私人的角落为好。一封永远不会寄出的信就是这么一个角落，小说则是另一个好去处。

我们不妨把《追忆逝水年华》看作一封其长无比却未寄出的信，看作"普鲁斯特做派"的解药，看作雅典娜云云、奢侈的礼物、长茎菊花之类的反面，看作普鲁斯特在现实生活中不能说不可道者于此尽可一吐为快的所在。普鲁斯特将艺术家描述成"能够将不足为外人道之事准确道出的人"，《追忆逝水年华》恰恰给了他一个机会，将不当说之事之思倾囊倒出。劳合·海曼也许自有其迷人之处，但也有令人不耐的一面，这一切均融入到对奥黛特·德·克雷西这个虚构人物的描写中。费尔南德·格雷在生活中或许躲过了普鲁斯特的一顿教训，但从书中那个令人生厌的人物阿尔弗莱德·布鲁赫身上，他可以看到普鲁斯特在转弯抹角地给他上课，因为这个角色身上的某些东西恰是他格雷的传神写照。

不幸的是，普鲁斯特既坚持诚实又维系友情的努力让巴黎社交圈那帮死心眼的人给搅了局，他们硬要把他的作品当作"纪实小说"来读。普鲁斯特言之凿凿，"书中人物纯属虚构"，即使如此，很多人还是按迹索踪，自动对号入座：卡米耶·巴瑞尔发现诺布瓦身上有点自己的影子；罗贝尔·德·孟德斯鸠发现夏吕斯男爵有点像自己；德阿布费拉公爵看出罗贝尔·德·圣-卢和拉谢尔之间的情事写的是他和露易莎·德·莫南之间的关系；劳合在奥黛特·德·克雷西身上看到了自己的某些特征。虽说普鲁斯特连忙向劳合赌咒发誓，说奥黛特事实上"与您正好相反"，但是既然两人的住址都一模一样，劳合不信他的话倒也在情理之中。普鲁斯特那年头的巴黎黄页上分明写着："海曼（劳合夫人），拉贝鲁兹大街（rue Lapérouse）3号"，小说中奥黛特则住在"拉贝

134.

鲁兹大街(rue La Pérouse)一小旅馆,位于凯旋门之后"。惟一的差别似乎只是街名的拼写方式。

虽说生出这些麻烦,属友谊的归于友谊,属诚实的(不寄出的信或小说)归于诚实,这原则还是应当牢守不渝(当然街名还是改为上策,信件还须藏得严实)。

如此牢守友谊、诚实二分之疆界,甚至可说正是为了友谊。普鲁斯特有言:"对友谊不屑一顾的人也有可能……正是世上最珍视友谊的人。"这也许是因为,这些冷眼看世的人对友谊有一种更现实的理解。他们避而不谈自己,并非因为他们认为这话题不值一谈,而是因为他们将这话题看得很重,而闲聊过于随意、多变,且极表面化,率尔而谈,反失其意。是故他们不会因老是充当听众而感到不悦,他们视友谊为倾听的良机,而不以教训他人为乐。此外,因为能为他人设身处地,他们认为一定程度的虚伪是免不了的,所以他们可以赞叹年老色衰的妓女玫瑰般娇艳,也不吝给一部眼高手低的诗集来一篇捧场的书评。

这些人不求真理与情感两全,他们洞悉二者不可得兼,因此分而求之。在菊花与小说,劳合·海曼与奥黛特·德·克雷西,当寄出的信与秘不示人然而绝对应写的信之间,他们明智地划出了一条泾渭分明的线。

七　心胸豁然

普鲁斯特写过一篇随笔，说的是他怎样设法让一个愁眉不展、心怀妒意和不满的年轻人重展笑颜。他描述了这个年轻人日常生活中的一幕。在父母的公寓里吃罢午饭，桌边坐着，年轻人无精打采地打量着眼前的一切：桌布上躺着一把刀，吃剩的排骨看着就没滋没味，桌布还没铺平。起居室的那头母亲在织毛衣，纸箱上家里的猫蜷曲着身子，旁边是一瓶逢喜庆之日才会打开的白兰地。此情此景实在是凡俗、寒伧，与他向往却又没钱去领略的美丽奢华简直有霄壤之别。普鲁斯特想象着这个爱美的年轻人对家中小户人家的俗气装潢陈设是怎样反感，又会如何将眼前此景与在博物馆、教堂里见到的富丽堂皇做比照。他必是对银行家们羡慕不已，这些阔人有的是钱，可以随心所欲将居所装潢得美轮美奂，就连一个门把手、一把煤钳都如同艺术品一般。

他逃不出这个叫人沮丧的家，不过，虽说不能搭下一班火车去荷兰或是意大利，他却可以去逛逛卢浮宫，他至少可以养养眼：

七　心胸豁然

136.

那里有维罗内塞的宫殿，克洛德的海景，还有凡·戴克笔下王公贵族的生活。

普鲁斯特对这年轻人的窘境颇同情，他建议不妨稍稍改动一下赏画路线，不过是换个路径，却能令他的生活全然改观。别让年轻人径奔克洛德、维罗内塞的展室，卢浮宫里另有天地，得领他先去看让-巴蒂斯塔·夏尔丹的作品。

这主意听上去有点怪，因为夏尔丹极少画海景、宫殿、王公贵族之类。他喜欢画的是静物：盆里的水果、水罐、咖啡壶、面包、刀、酒杯、大片的肉。他喜欢画厨房用具，不光画漂亮的巧克力罐，也画盐瓶和筛子之类。至于人物，夏尔丹画的都是家常情境里的人，这个在读书，那个在搭纸牌，一个妇人刚从市场买了两个面包走进家门，做母亲的正在指给女儿看她的针线活哪儿错了。诸如此类。

虽说取材平淡无奇，夏尔丹的画却格外情趣盎然，引人遐想。他画的桃子鲜嫩饱满，有如天使，一盘牡蛎或是一片柠檬可以引得你食指大动，垂涎三尺。在他笔下，一条开膛破肚挂在钩上的鳐鱼，可以让你遥想它还活着时畅游的大海，开了的膛则又五颜六色，深红的血，蓝色的经络，白色的肉，纷繁富丽如教堂的中庭。他的静物画亦自有一种和谐，画布上炉前地毯的浅红色衬着一只针线盒、一束毛线,彼此如同好友般融洽无间。这些画简直就像我们的生活本身,却显得如此不同寻常,奇妙诱人。

七　心胸豁然

138.

普鲁斯特寄厚望于夏尔丹的画，但愿那个郁郁寡欢的年轻人看罢之后，心胸随之豁然开朗。

一旦他陶醉于他目为平庸凡俗而夏尔丹大书特书的东西，一旦他神往于他原先觉得索然无味夏尔丹却令其生意盎然的生活，一旦他神驰他原本视而不见实则本身即是伟大艺术的大自然，我就要问他一句："现在你还觉得不快乐吗？"

为什么他会变得快乐起来？因为夏尔丹已然向他证明，无需腰缠万贯，他生活的天地里也有许多迷人之处，而他曾以为惟有宫殿华屋、王公贵族的生活才有美丽可言。如此他便不再痛苦地觉得自己已被摒于美的王国之外，不再会对派头十足的银行家，对镀金煤钳、镶钻门把手之类羡慕不已。他会明白普通的金属和陶器也有其美妙之处，寻常的厨具也可以像宝石一样美丽。看了夏尔丹的作品之后，甚至他父母那寒酸的公寓也能让他欣然而喜。普鲁斯特打保票道：

你到厨房走一圈，不禁要对自己说，这个真有趣，这个真不错，这个漂亮极了，就像夏尔丹的画。

开始动笔写这篇随笔后，普鲁斯特想让艺术杂志《评论周刊》的编辑皮埃尔·芒戈对该文的内容产生兴趣，便给他写了封信：

要是不嫌夸大其词的话，我可以说我刚写了点研究艺术哲学的文章。我想显示伟大的画家如何激发我们认识、热爱外在世界，何以说他们是"让我们睁开了眼睛的人"？——所谓睁开眼睛，即是说他们让我们重新打量这个世界。文中我举夏尔丹的作品为例，力图说明艺术对人生的影响，指出这些充满魅力与悟性的画作怎样通过赋予静物以生命，而使最平淡无奇的生活焕发出光彩。依你之见，《评论周刊》的读者对这样的文章会有兴趣吗？

——也许会有吧，不过既然杂志的编辑认定读者肯定不感兴

七　心胸豁然

140.

趣，他们也就没机会去验证了。编辑大人不识货，将这文章打入冷宫，倒也情有可原：那是 1895 年，芒戈不知道这个普鲁斯特有朝一日会成为写出《追忆逝水年华》的那个大名鼎鼎的普鲁斯特。再者说，该文的寓意听来也有几分荒唐：就差没明说，世上的一切哪怕最讨厌的东西也妙不可言，凡自己力所不及的都不值得艳羡，别墅并不比茅屋更好，而缺了口的盘子也并不比祖母绿差。

然而，普鲁斯特与其说是想让我们对万事万物等量齐观，不如说他更在意的是促使人们对世上的事物都有个正确的估价，从而修正我们关于何为"美好生活"的种种偏见，这些偏见令我们对生活中有些情境毫无道理地漠视，而对另一些情境则又盲目地热衷。若是芒戈未将那篇文章打入冷宫，《评论周刊》的读者或许便可得一良机，没准他们会重新审视自己对美的理解，由此同平凡的生活相觑相亲，与盐瓶、陶器、苹果之类建立起一种可能更有益处的全新关系。

何以人们先前一直缺少这样一种关系？何以人们就是看不出家里桌布和水果的妙处？从某个层面说，这样的发问实属多余。某些东西让我们一见之下怦然心动，某些东西我们则熟视无睹，这乃是自然而然。厚此薄彼，均非有意为之，也说不出所以然，我们只知道令我们动心的是宫殿而非厨房，是精美的细瓷而非粗陋的土陶，是稀罕的番石榴而非寻常可见的苹果。

但是，这样的审美判断虽是当下自发地产生，我们却不该误以为此种判断本乎天性，根本无法改变。普鲁斯特给芒戈先生的信对此点即颇多提示。当他说伟大的画家就是那些"让我们睁开了眼睛的人"之际，他同时也就在暗示，我们对美的感受不是一成不变的，伟大的画家可以通过画作让我们对美更加敏感，引导我们去欣赏以往忽略掉的美。上面提到的那位郁结的年轻人所以觉得家里的桌布、水果毫无美感可言，部分的原因就是缺少夏尔丹那样的画作来引导他，而这样恰可给他一把钥匙，引他去发现桌布、苹果的诱人之处。

大画家之所以有这等法力，让我们睁开眼睛，乃是因为他们自己有一双锐眼，对各种各样的视觉经验有着不寻常的敏感，他们可以感受到光线在汤匙端头上的嬉戏，感受到一块桌布纤维的柔软，一只水蜜桃表面天鹅绒般的光滑，或是老人皮肤上暗红的斑。我们不妨开心地把艺术史想象成这样的情形：一长串天才正在挨个忙着为我们指指点点，告诉我们这儿那儿真值得一看；画家们以其无与伦比的技巧向我们发话："德夫特的后街是不是挺美？""巴黎外边塞纳河的风光是很迷人吧？"以夏尔丹来说，他也是在以他的作品向世人——包括那些总觉生活不如意的年轻人——发话："不要只知道盯着罗马战役、威尼斯盛宴和查理大帝耀武扬威的马上英姿，也来看看桌边的碗、厨房里的死鱼，还有饭厅里的法棍面包吧。"

七　心胸豁然　　　　　　　　Alain de Botton

142.

多看一眼，或许欣喜之情就会油然而生，这就是普鲁斯特美的观念的核心所在，它揭示了一个事实：我们的不满多半并非因为生活有什么内在的缺陷，而是因为我们不能恰如其分地看待自己的生活。欣赏法棍面包的妙处并不意味着我们对城堡之美就不屑一顾，但若不能领略面包的好，则我们整体的欣赏能力必是出了问题。那个郁结的年轻人家中所见，与夏尔丹在很相似的公寓房里所留意的，二者竟是天差地远，这说明看取世界的方式决定着我们能看到些什么，夏尔丹的方式是欣赏，欣赏与只想着得到、占有是全然不同的两码事。

在普鲁斯特的人物画廊中，因不懂欣赏生活而陷入沮丧的角色，并非只有1895年写夏尔丹那篇文章中的年轻人。十八年后，他的笔下又出现了一个普鲁斯特式的主人公，此人非他，即是《追忆逝水年华》中的叙述者。他与论夏尔丹文中的年轻人颇多相似：二人都郁郁寡欢，都生活在一个索然无味的世界里，而后来也都因换了副眼光看世界而获拯救，由此发现了生活如此真实而又如此出人意表地充满绚烂的色彩，这发现恰恰证明，直到那时，他们才算是明白了生活的真谛——惟一的不同仅在于，二人之获得启示，一个是在卢浮宫的画廊，另一个则是在面包房。

为要勾画面包房这个事例，普鲁斯特向我们描述了叙述者某个冬日下午的一幕。他患了感冒，在家里坐着，因沉闷的日子而无精打采，没什么盼头，明天又是无聊的一天。这当儿他母亲走进房间，问他要不要来杯椴花茶，他回说不要，后来不知什么缘故，他又改了主意。和茶一起，母亲还端上一块玛德莱娜点心，那是一种胖鼓鼓中间凸起的小甜饼，看上去像是用扇贝做模子烘出来的。萎靡不振的叙述者百无聊赖，掰了一小块饼放进茶里，啜了一口，就在这一刻，奇迹出现了：

　　温暖的茶水和着那小块玛德莱娜方入口内，立时有一阵颤栗之感穿过我的全身，我万念皆空，专注地品味起出在我身上的奇事。一种微妙的快感侵入我的感官，那是一种难以言传的感觉，不知从何而来。那一刻，生命的无常之感突然离我远去，人生的灾难于我无伤，生命的短暂也只不过是幻觉……现在我不再感到渺小、孤独和无聊。

　　这块玛德莱娜小甜饼有何神奇之处？其实它和莱奥妮姑妈总喜欢浸到茶里吃的那种，同叙述者儿时她给他吃的那种，都并没什么差别。当他还是小孩时，星期天他会进莱奥妮姑妈的卧室道早安，而假期他们一家人总是到她贡布雷乡间的房子去度假。多少年过去，叙述者的童年在他的心目中已经模糊了，就像生活中的其他许多事情一样，童年生活中还记得的他也不觉得有什么美妙或是有趣可言。但这并不意味着他的童年真的一点也不美妙，只不过是他将其遗忘了——此刻玛德莱娜在唤起的，正是他失去

七　心胸豁然

144.

　　了的记忆。经由心理的快速切换，一块自童年过后再未沾唇、记忆久已尘封的小甜饼竟一下将他带回到贡布雷的时光，回忆潮水般涌来，漫无边际，亲切温暖。童年时光似乎忽然间变得美丽了，他带着欣喜之情回想起莱奥妮姑妈一直住着的那所灰色的老房子，贡布雷的小城和附近的地方，想起替人跑腿时常走的那条街，想起教堂、乡间的路、莱奥妮姑妈花园里的花，还有维翁河上漂浮的睡莲。当沉浸于回忆之时，他明白了这些记忆之宝贵，也正是这些记忆给了他灵感，让他最终写出《追忆逝水年华》，从某种意义上说，这部小说其实就是一个完整而又充分延展、精心刻画的"普鲁斯特时刻"，也可说是"普鲁斯特时刻"感性、直观的显现。

　　与玛德莱娜的重逢之所以令叙述者喜出望外，乃是因为小甜饼让他豁然开朗：不是他的生活平庸琐碎，而是盘踞在他意识中的种种幻象庸俗无聊。这是理解普鲁斯特式人物特性的关键，一旦破除了虚假的幻象，眼前的世界便焕然一新。那个看夏尔丹画作的年轻人的情形，其疗救的过程也正相仿佛：

　　尽管生活在某些时刻似乎向我们展示了异乎寻常的美，我们却有可能还是认定它平庸无奇，这得归因于我们错误的判断。我们不是根据生活本身提供的证据，而是依凭那些虚假得离谱的幻象得出我们的结论——由此我们把生活贬得一钱不值。

逝水年华　拥抱

How Proust Can
Change Your Life

145.

　　不能恰如其分地存住当下的情境，这些可怜的幻象便乘虚而入，如此一来我们已忘却了事物的本来面目。的确，普鲁斯特认为，昔日的生动印象往往得自不经意间，一块玛德莱娜小甜饼、一缕久已遗忘的气息或是一只旧手套能让我们有动于衷，联翩浮想不期而至，而刻意求之则反而未必能有此效力：

　　受意志控制的回忆，亦即由大脑和眼睛召回的记忆，给我们的只是模糊不清的过去的复制品，就像末流画家笔下的春天……我们不相信生活是美丽的，因为我们无法让生活的美在心中复活，但是如果不期然闻到一阵久已遗忘的气味，我们突然间会感到莫名的欣喜；与此相似，我们认为自己对死者已再无爱恋之情，是因为我们已将他们忘却，但是如果有一天不期然看见他们遗下的旧手套，睹物思人，我们又会泪流满面。

　　过世前数年，普鲁斯特收到一张问卷，请他列出卢浮宫中（此时他已有十五年未履足卢浮宫）他最喜爱的八幅法国画家的画作。他有些举棋不定，最后的答案是：瓦多的《扬帆希特里岛》或《冷漠》；夏尔丹三幅，自画像，他夫人的肖像，以及一幅静物；马奈的《奥林匹亚》；雷诺阿一幅，或是柯罗的《但丁的小舟》或《沙合特里教堂》；最后是米勒的《春天》。

　　至此我们对普鲁斯特心目中描摹春天者何为上品，可以有一

146.

概念了，他的取舍有一前提，即看其是否能传达出春天的真实气息，一如不期而至的回忆令昔日时光真实重现。然而杰出画家能在画布上表而出之，末流画家却视而不见者，究竟为何？此问题也可换个方式发问——不期而至的记忆与意识控制的记忆，二者之间究竟有何差别？答案是"无甚差别"，至少是不同处要比我们想象者少得多。同以春天为题，一幅平庸之作与大师之作究竟有多大不同，实难说清，虽说差别不是一点没有。平庸的画家也有可能具有一流的绘画技巧，云彩画得酷肖，青草的嫩芽表现得很巧妙，树根的根须也画得毫厘不爽，但是他们画中还是缺少某种说不清道不明的气息，而那恰是春天独特魅力的所在。比如，他们就是画不出（当然也就没法让我们去留意）树上花朵边缘的一圈嫩红，田野上艳阳高照却又暴雨将临二者之间强烈的对比；画不出树干上节疤的质感，乡野小道旁花儿不堪风吹雨打，倏忽之间娇艳不再的景象——这都是些细微之处，然而对春天的感受，对春天的欣悦之情可能正是来自于此。

同样的，不期而至的回忆与受意识控制的记忆之间，差别也难于界说，然而却又是决定性的。当其品尝那杯神奇的椴花茶和玛德莱娜小甜饼之前，《追忆逝水年华》中的叙述者并非已将童年时光忘得一干二净。儿时在法国何地度假（贡布雷？还是克雷蒙-费让？），那条河叫什么名字（维翁还是瓦隆？），还有一起住过的亲戚有谁（莱奥妮姑妈还是莉莉姨妈），这些他似乎都还记得。

但是这些记忆都是死的，它们缺少某种东西，某种类于大画家神来之笔的东西：午后阳光照在贡布雷广场的感觉，莱奥妮姑妈卧室中的气味，维翁河两岸空气的潮湿温润，花园里传来的钟声，午餐时新鲜芦笋的芬芳——这些细节在在表明，描绘玛德莱娜小甜饼，其功用决非只是唤起记忆，而是让我们睁开眼睛，进入到欣赏的境界。

为何我们不能敞开心胸，欣赏万物？这问题远非无所用心或懒惰即可一言蔽之。也许是源于美的形象并不轻易充分显示自身，而其实它就在我们身边，正等着我们去发现。普鲁斯特散文中的年轻人萎靡不振，因为他只知维罗内塞、克洛德、凡·戴克，这些画家从未描绘过属于他的那个世界，他的艺术史知识偏偏又让他对夏尔丹一无所知，而事实上他恰恰最需要夏尔丹来点拨他寻常的厨房有何妙处。这年轻人对夏尔丹的无知似乎是极有代表性的。无论伟大的艺术家如何致力于打开我们的眼界，改变我们的整体环境却为他们力所不及——我们的周围充斥着无益有害的幻象，这些幻象的制造者并无不良居心，其画作往往还显示出高超的技巧，不幸他们的努力总是在暗示我们，我们自己的生活与美的王国之间，存在着一条不可跨越的鸿沟，这真叫人沮丧。

《追忆逝水年华》中的叙述者孩提时代即对海边向往不已。他想象去诺曼底海边一游定是妙不可言，尤其是他听说过的一处

148.

叫作巴尔贝克的海滨胜地。然而他的想象显然是从一本以中世纪哥特时期为背景的书中得来，所以他满脑子都是古时候的海滨。他给自己勾画出一幅海岸雄伟的画面，浓雾深锁，惊涛拍岸，教堂孤耸，险峻峥嵘如断崖绝壁，钟楼上钟声应和着海鸟的鸣叫和狂风的呼啸。他想象当地人是神话中骄傲的西美利安人的后代，因为荷马史诗里描述过，这个部族住在一个谜一般的、永远黑暗的岛上。

叙述者心里揣着这么一幅奇景，巴尔贝克之旅当然是令他大失所望，他发现那里不过是一处地道的二十世纪初的海滨度假胜地。到处充斥着餐馆、商店、汽车和脚踏车，有人在游泳，有人

打着阳伞在散步。再就是一家大饭店,豪华的大厅,上上下下的电梯,忙颠颠的侍应生,巨大的餐厅朝着海,透过窗户玻璃可以遥望大海,大海浴着灿烂的阳光,没半点动静。

这一切与叙述者遥想的中古哥特时代的辉煌了不相干,他渴盼已久的断崖峭壁、悲鸣的海鸟、呼啸的狂风之类,哪有半点影子?

叙述者的失望说明了脑中的影像在怎样左右着我们对身边景物的欣赏,而揣着满脑子幻象出门真是冒险。断崖绝壁、海鸟悲鸣之类,诚然令人神往,问题是,六百年前的景象与我们面对的

七　心胸豁然　　　　　　　　　　Alain de Botton

150.

度假胜地的实况，二者如何协调？

在叙述者那里，环境与美的理想之间的对立来得特别斩截，逾于常人，不过他的失落仍在某种程度上反映出现代生活的一般特征。由因科技和建筑变化惊人，我们的世界被越来越多尚未及转换为优美影像的场景和事物所占据，遂使我们生出思古之情，对已然消逝了的那个世界不胜想望。那个世界其实并不当真就更美，之所以看去美妙无比，皆因那些令我们张开审美之眼的大师们已将其中景物一一描绘。令人担忧的是，对现代生活笼统的厌恶排斥情绪正在四处弥漫，实则现代生活自有其迷人之处，只因甚少画作能将其表而出之，我们往往就视而不见。

对那个叙述者和他的假期而言，画家艾尔斯蒂尔也来巴尔贝克消夏，实在是一件幸事。艾尔斯蒂尔要的是画出自己的印象，从不仰赖古书作画，他一直在画当地风光，身着棉布衣裙的妇人、出海的游艇、港口、海上的景色，还有附近的赛马场等等，都成为他的题材。作画之余，他曾邀叙述者到他的画室做客。叙述者站在一幅以赛马场为题的画前，面露羞惭之色，承认自己从未想去这等去处（既然他只对狂风怒号的大海和悲鸣的海鸟情有独钟，这也是意料中事）。然而艾尔斯蒂尔还嫌他过于匆忙，建议他多看两眼。他让叙述者留神画中的一个骑师，此人呆在赛马出发区，正给前腿提起的坐骑套缰绳，奇的是身上骑装潇洒明艳，脸上却是冷漠阴沉。而后艾尔斯蒂尔指点叙述者,那些乘马车前来观看赛马的妇人姿态何等优雅,她们站起身举着望远镜,沐浴在一种特异的光线中,这光线差不多是荷兰画风的,从中你可以感受到水的寒意。

叙述者不仅对赛马场兴趣全无,即使对海的兴致也如同叶公之好龙。他看海总喜以手遮眼,为的是将那些败兴的现代船只逐出视线之外,眼不见为净,如此他便可遥想远古的海洋——越久远越好,至少也得是古希腊早期的大海。艾尔斯蒂尔对他这好古之癖又下针砭,让他留心海上游艇的美妙之处。他指点叙述者,游艇整一的外观自有它的美,简洁、明亮、单纯,衬着映射海水的蓝蓝雾霭,呈现出一种令人心醉的温婉的暖意。他还说到游艇上那着白色棉布或亚麻衣裙楚楚动人的女子,那白色裙衫在灿烂的阳光下衬着海的蓝色,看去如同鼓起的风帆,白得令人眩目。

邂逅艾尔斯蒂尔且看了他的画作,叙述者对大海之美终获新解,心中的古老幻象被生气勃勃的现代图景取代,他的假期由此也有了亮色。

我明白了,在现代画家的眼中,海上竞舟和赛马会(还有那些裙衫动人、沐浴在染着大海绿意的阳光中的女子)可以像维罗内塞、卡帕奇奥热衷描摹的节日庆典一样,令人兴味无穷。

七　心胸豁然

152.

叙述者的了悟再次证明，美需要我们去发现，等是等不来的。美还要求我们关注细节，要求我们玩味棉布衣衫的白、映射在船体上的海色，或是那骑师亮丽的服饰与阴沉的脸色之间有趣的对比。叙述者的了悟过程同时还凸显出我们是多么容易陷入无聊沮丧——如果世上的艾尔斯蒂尔们都不来度假而我们脑中贮存的幻象又已消耗一空，如果我们对艺术的了解仅止于十六世纪的卡帕奇奥（1450—1525）和维罗内塞（1528—1588），而眼前所见却是二百马力的追日号快艇在海上加速行驶，我们的度假便再无兴味可言。二百马力的追日号或许当真没什么让人兴奋之处，然而我们对高速快艇的反感也许恰恰源自对古代美的幻象的执迷，源自对主动的欣赏活动的拒绝，而若维罗内塞、卡帕奇奥生于当世，异地而处，没准他们倒会对高速快艇之类大加欣赏哩。

*　*　*

我们总是被幻象包围着，这些幻象不惟老掉了牙，而且可能还无可救药的虚假。当普鲁斯特敦促我们恰如其分地看待这个世界之际，他也即是在不住地提醒我们，最寻常的场景其实也蕴含着价值。夏尔丹让我们识得盐瓶、水壶之美，玛德莱娜小甜饼因唤起叙述者对一段平凡中产之家的童年生活的回忆而让他莫名欣喜，而艾尔斯蒂尔的画画的无非棉布、港口这类寻常之物、寻常之景。在普鲁斯特看来，这样的平淡正是美的境界：

的确，真正的美与那些由浪漫的想象催生出来的期待并不吻合……当其初次显现于大众眼前时，我们往往竟是大失所望！一个女人因要去观赏大师杰作而兴奋无比，其情形一如她刚读完了一部连载故事，或是等着占卜者道出她的命运，又或期待着情人的出现。但是她看到的却是一间暗乎乎的屋子，里面一个男子倚着窗户在沉思默想，如此而已。她心有不甘，还等着突然间能看出点名堂，就像一眼看到头的大街豁然敞亮。虽然碍着名画的盛名未吱一声，心底里她却在嘀咕："怎么，这就是伦勃朗那幅大名鼎鼎的《哲学家》？"

然而哲学家的趣味当然是深沉、微妙而平静的……这幅画指向了一种亲切平易、洗尽铅华的美，一种不假外求、无需大富大贵、寻常人家也可拥有的美。

普鲁斯特说得娓娓动听，但这话却很难拿他本人的生活来证实，更合他胃口的，毋宁是一种奢华的生活，他的种种表现常与夏尔丹或伦勃朗《哲学家》一画中体现的精神迥异其趣。所以我们看到下面的讥评实不足为怪。

——他的通讯录上记下的都是一时显贵

普鲁斯特出身中产之家，但他交结的却尽是些显贵人物。且看这些名字：德·克莱蒙-多奈尔公爵，加布里埃尔·德·拉

七　心胸豁然

154.

罗什富科伯爵，罗贝尔·德·孟德斯鸠-费赞沙克伯爵，埃德蒙·德·鲍里涅克亲王，费里波特·德·萨里涅克-费涅隆伯爵，康斯坦丁·德·布朗克万亲王，阿历克桑德·卡拉曼-西美亲王夫人。

——他是里兹饭店的常客

虽然家里很舒适，有个能干能做可口的饭菜的仆人，饭厅也足够他设宴待客，普鲁斯特还是常常外出用餐，到旺多姆广场的里兹酒家大请其客。他会为朋友点上昂贵的饭菜，给两倍的小费，当然还少不了用细长的酒杯喝香槟。

——他赴过的宴会数不胜数

真是数不胜数，安德烈·纪德起初甚至因此拒绝让他的小说在伽里玛出版社出版。纪德的理由不可谓不充分，他相信这小说系出自一个社交狂之手。如他后来对普鲁斯特解释的那样，"在我看来，你不过是个频频光顾 X、Y、Z 夫人府邸，外加专给《费加罗报》写无聊文章的人。坦率地说吧，我把你看成一个喜好风雅、趋炎附势的社交名流"。

普鲁斯特无意遮掩，坦诚相告。没错，豪奢浮华的生活对他确有吸引力，他的确屡屡想方设法要做 X、Y、Z 夫人的座上宾，也确实费心费力交结出入她们府上的显贵人物（在普鲁斯特的时代，贵族风头之健，只有后来的电影明星可以比拟，对公爵之类冷眼相向不屑一顾，实在难免有自视清高之嫌）。

然而，关键还是故事的收场，普鲁斯特最终对自己追寻到的浮华失望了。他去 Y 夫人家，给 Z 夫人送花，对康斯坦丁·德·布朗克万亲王曲意奉迎，然而他终于悟到，这一切只不过是个谎言。贵族生活的华美迷人令他生出追逐的欲望，然而那华美只是一个幻象，与贵族生活的实情颇有距离。现在他算明白了，还是呆在家里为好，与女仆闲话家常，其乐不下于和卡拉曼-西美亲王夫人为伴。

《追忆逝水年华》中的叙述者也有从希望到幻灭的类似经历。从一开始他就被盖尔芒特公爵和公爵夫人周遭的氛围迷住了，在他的想象中，他们属于优等的种族，他们的姓氏散发着诗意，那姓氏往前可追溯至法兰西最古老最高贵的家族，那时巴黎的那些教堂和沙特尔大教堂甚至连影子都没有。盖尔芒特家族笼罩在墨洛温王朝谜一样的氛围中，令他想起中世纪挂毯上林中围猎的情景，这个家族的人仿佛不食人间烟火，在世间就像教堂彩绘玻璃上的传奇人物。盖尔芒特公爵的领地上开满鲜花，到处是小溪、泉水，有朝一日能与公爵夫人盘桓竟日，垂钓于此，那将是多么美妙。

未料当真有幸识得盖尔芒特家的人，叙述者的幻象却自行消

156.

散。盖尔芒特们看来与凡夫俗子并无两样,要说有何不同的话,只能说他们格调更低,脑子更蠢。公爵是个粗鲁、冷酷而俗气的人,公爵夫人倒不笨,但只晓得卖弄聪明,刻薄他人,不知真诚善意为何物,至于公爵府上的座上宾,他过去可是把他们想成巴黎圣堂里的使徒的,事实上这些人却只对流言蜚语津津乐道,说来说去尽是些无聊之事。

如此这般觑得贵族真容,实在是大煞风景,既然亲炙其人只不过让他们俗鄙的本相毕现,也许我们会就此弃了追逐所谓的名流之念。急吼吼攀龙附凤似乎大可不必,好好面对自己的现实才是正经。

然而从叙述者的幻灭我们也可得出不同的结论。就此放弃对人的判断识别决非上策,想想应该怎样形成正确的判断才是正理。优雅的贵族并非全然是向壁虚构,糟糕的是人们对这形象的理解太简单化了。世上出类拔萃的人当然是有的,然而以为有高贵姓氏的人自然而然就有一份与生俱来的高贵,则未免把判断识人之事想得太轻而易举。势利的人不肯相信这一点,倒相信阶级是不可逾越的,是某阶级的人则必会毫厘不爽体现出所属阶级的特征。可是,虽说有那么几个贵族颇能符合人们心目中"贵族"的概念,更多的却是盖尔芒特公爵之流,高人一等者,惟贵族的头衔而已。"贵族"这样的分类标签如同一张网眼太大的网,捞不起美德、优雅这类并非与生俱来的东西。也许有人当得起叙述者对盖尔芒特公爵怀有的那份期待，不过这人没准是个电工、厨子，或者律师——是不是出乎你的意料之外？

普鲁斯特最终感受到的，恰恰是这样的意外。在其晚年，有位赛特夫人给他写信，莽撞地问他这么个问题——你是否是个专喜攀龙附凤的势利鬼。普鲁斯特的回答如下：

> 现在常来看看我、问问我的情况的朋友没几个，这里面就算还有某位公爵或亲王时不时露个面，他们大体上也被其他朋友取代了，我说的其他朋友，一个是男仆，一个是司机……很难在他们当中做取舍。这些下人比公爵们更有教养，法语说得更好，可是他们繁文缛节的一套太多，更世故，而且比较敏感。想了一天，还是感到难以取舍。还是那司机更好些吧。

此话在赛特夫人听来也许是有些夸张了，不过意思很清楚：教养或是很好的自我表达能力这一类资质并不依循某种简单的路径，所以我们不能仅根据大而化之的分类即对人遽下判断。夏尔丹给那忧郁青年的启迪是，美并非总是在耀目之处，同样地，那位能说一口优雅法语的男仆也给普鲁斯特（也许只是给赛特夫人）提了个醒，优雅未必就附着在通常被人视为优雅的形象之上。

七　心胸豁然

158.

然而简单化的形象正因其简单明了，来得很是诱人。尚未见识夏尔丹的画作之前，那位郁郁寡欢的年轻人至少会有某种确信，相信中产阶级的住所比不上宫殿，由此也就会认定能住在宫殿里就等于有了幸福。未与贵族交往之前，普鲁斯特至少不会怀疑确实存在着一个应仰视的阶层，且相信能与此阶层的人相过从即等于在社交生活方面修成了正果。对奢华的中产阶级厨房、讨人厌的亲王，或是比公爵大人来得更有品位的司机详加分解，实在是太费事。简单化的形象提供了某种确定性，比如人们心目中定型的贵族形象就对我们打包票说，花钱如流水一定可以带来快乐：

我们会怀疑有些人是否当真喜欢看海景听海浪，可是一旦看见他们愿意为了看海景听海浪每天掏一百法郎在酒店开房间，我们便改了看法，相信他们必是喜欢无疑，同时也就相信他们的趣味真是不一般。

同样地，也有这样的人，他们起初怀疑某人是否真有才学，然而一旦发现此人合于心目中才学之士的形象，又或听说此人受过正规教育，如何见多识广，拿过大学文凭，马上便将怀疑收起，相信他必是不凡。

这种人一定会毫不犹豫地认定普鲁斯特的女仆是个白痴：她居然以为拿破仑和波拿巴是两个人，而且普鲁斯特告诉她是一人，她还要过一个星期之久才肯相信。然而普鲁斯特知道她聪明过人（"我从未教过她拼写，她也从无耐心把我的书哪怕读上半页，但她确有过人的天赋"）。他这么说并非是附和庸人之见（更不是刻意唱反调），暗示教育没有一点价值，或是认定自《坎波福尔米奥条约》到滑铁卢战役这一段的欧洲史没什么重要可言，都是学院中人蓄意故神其说，他真正要说的是，知道皇帝姓甚名谁以及会读会写都并不足恃，以此为据判断一个人是否有才具，未免过于简单。

阿尔贝蒂娜从未学过艺术史。普鲁斯特写到某个夏日午后她与德·冈布梅尔夫人、夫人的儿媳、一个律师朋友及叙述者在一处聊天的情形。彼时他们坐在巴尔贝克饭店的台阶上，忽见一群原本浮在海面上的海鸥飞起，带来一阵喧闹之声。

"我喜欢海鸥。我在阿姆斯特丹就见过，"阿尔贝蒂娜说道，"它们身上有大海的味道，即使飞过石头的路面，它们也能嗅到海的咸味儿。"

"啊，那么说你去过荷兰。你知道维米尔吗？"德·冈布梅尔夫人问。阿尔贝蒂娜回答说，很遗憾，她不认识这些人。普鲁斯特于此不动声色地暗示读者，阿尔贝蒂娜更应抱憾的是，她竟以为有一批荷兰人叫"维米尔"，岂不知冈布梅尔夫人说的是荷兰国家美术馆中收藏的画。

幸运的是，德·冈布梅尔夫人的艺术史知识有限，未能觉察

160.

到阿尔贝蒂娜闹出的大笑话，我们可以想见，若是她发现了阿尔贝蒂娜出的错，必是一脸难以置信的表情。冈布梅尔夫人谈到艺术总是小心翼翼，生恐一语不当惹人讪笑，对像她这样的艺术上的势利眼说来，显得对艺术有感觉比对艺术真正有会心更来得重要。社交场上的势利之徒只知以头衔、名声取人，根本没有自己的判断，艺术鉴赏上的势利眼也一样，他们只知四处搜集相关信息，以为掌握了信息便是懂得了欣赏艺术——虽说为弄明白自己缺了点什么，阿尔贝蒂娜倒真该再到阿姆斯特丹走一遭，来个文化之旅。或许她会比德·冈布梅尔夫人更懂得欣赏"维米尔"，至少在她的天真里还有那么点诚实的根芽，而从德·冈布梅尔夫人对艺术夸张的崇拜中我们看到的，除了矫情还是矫情。不幸的是，阿尔贝蒂娜却把画作当成了应当慕名拜访的一族荷兰市民。

这一课又告诉我们些什么？我们应该知道寻常如餐具柜里的面包，也自有其美；我们应该瞄准的是画家，而不是春天；我们该怪罪的是记忆，而不是记住的东西；如若有人将我们介绍给某个伯爵、公爵或是亲王之时，切不可期望太高；还有，拼写有误不必耿耿于怀，读法兰西帝国史不要尽挑那些头衔吓人的人物看。

八　享受爱情

Q：普鲁斯特能教我们怎样谈恋爱吗？

A：也许吧——虽说没什么证据。他倒是在给安德烈·纪德的一封信中历数他当恋爱导师的本钱。

虽说我从自己这儿什么也得不到，甚至最微末的病痛我也拿它没办法，但我却拥有一种力量，常能帮他人祛除痛苦，带去欢乐（我肯定这是我惟一的天赋）。我能让仇人化敌为友，也能助情人重修旧好，我能让病人康复，却只能看着自己的病一日重似一日，我能令懒人变得勤奋，自己却懒散如故……这些品性（我说这话毫无自赞自夸之意，因为在其他方面我对自己多无好评）加上与人周旋的本事，再加上一种浑然忘我，一切替朋友着想的能力，使我能够给他人带来好处。这些品性往往很难求之于一人……写这本书时我真的感到，要是斯万认识我又肯接受我的指导，我应该能有办法让奥黛特回到他的身边。

八　享受爱情　　　　　　　　　Alain de Botton

162.

Q：斯万和奥黛特？

A：将小说中某个虚构人物的不幸当成作者对人类状况概括性的预言，实在大可不必。这些倒霉人物都陷在小说里，不能跳出来看自己，书外面的人就不同了——所谓当局者迷，旁观者清。

Q：普鲁斯特认为爱情可以天长地久？

A：那倒未必。不过难以永久的事多了，不独爱情这一项。要做到对身边的人与事保持一种欣赏的态度总是很难的。

Q：怎么个难法？

A：就拿电话这么个不相干的东西做例子吧。贝尔发明电话是1876年的事，到1900年，法国有三万人用电话。普鲁斯特很快也有了（电话号码是29205），他特别喜欢一种叫作"剧场电话"的服务，打这电话，就可听到巴黎各剧院的歌剧、戏剧演出。

他想必是喜欢电话的，但是他注意到有电话的人很快对电话就再无新奇之感了。早在1907年，他就在文中提到过这种装置：

（电话）是一种神奇的东西，过去我们拿着电话只觉惊喜不已，现在却不当回事了，操起电话想也不用想，就叫裁缝或是要店家将冰淇淋送上门。

然而，如果电话老占线或是给裁缝的电话里尽是嗡嗡声，败了我们的兴，我们多半会孩子气地对电话暴跳如雷，全不念这技术的进步是如何令人赞叹：

> 我们好似都是些法力无边的孩童，对神奇之物只知享用，视若当然；我们只知电话"来得便当"，或者更糟，用得不如意，我们便如同被宠坏了的孩子，怪它"一点不便当"，你看吧，《费加罗报》上尽是这一类的抱怨之词。

从贝尔发明电话到普鲁斯特愤愤地发现法国人对电话已视若寻常，中间不过隔了三十一年。三十年多一点的时间，人们的新奇感即已荡然无存，奇妙的发明沦为家中的日用品，稍不如意，比如巧克力冰淇淋迟来了几分钟，我们立马就会数落电话的不是。

即此一例，已可见出人的毛病，要他们对较平凡的事物永久保持新奇感，或至少是终其一生持欣赏态度，几乎是不可能。

Q：一般说来，人的新奇感能维持多久？

A：很投入的欣赏？长不了，通常也就一刻钟。叙述者渴望与漂亮、活泼的吉尔贝特交朋友，他是有次在香榭丽舍游玩时遇上她的。这愿望后来实现了，吉尔贝特真成了他的朋友，并且常邀他去家里喝茶，她给他切蛋糕，问他有何喜好，待他殷勤又周到。

他很快乐，但很快习以为常，没想象的那么快乐了。有很长

164.

时间，到吉尔贝特家与她一起喝茶像个可望而不可即的梦，在她家客厅里只呆了一刻钟，他就感到认识她之前，甚至她为他切蛋糕、殷勤相待那一刻以前的事在记忆中已开始褪彩落色，记不真切了。

结果是身在福中不知福。既然因生活中缺少吉尔贝特而感到空虚的日子已成过去，他很快就忘了感激——梦想既已成真，他便再无所待。吉尔贝特的笑容，她的讲究的午茶，她的温柔亲切，最后都成了他生活中再熟悉不过的部分，结果是习焉不察，熟而相忘，就像我们对触目皆是的树、云或者电话那样不以为意。

叙述者何以如此麻木迟钝？在普鲁斯特的眼中，叙述者和我们所有人一样，都是习惯的奴隶，对任何事物，总是容易一经熟悉即不再当回事儿。

我们只对新鲜事儿感兴趣，只有突然闯入我们意识、令我们大吃一惊的陡然变调才会令我们动容。一旦习惯取代了新奇，我们便掉头不顾。

Q：何以习惯会使人麻木迟钝？

A：关于这问题，普鲁斯特就诺亚方舟说的一番话最为发人深省：

孩提时代，我心目中《圣经》里的人物似乎没有比诺亚更不幸的了，因为他被洪水困在方舟里，整整呆了四十天。长大以后我常常生病，也像呆在"方舟"里一样，没有出头之日。这时我才悟出来，倘若没有被困的经历，诺亚决不可能将人世看得那么透彻——虽说他是被禁闭在方舟上，到处一片漆黑，什么也看不见。

与飞禽走兽为伍，坐在禁闭室般的方舟里，诺亚当真能看见什么？我们通常总有一预设，以为须视觉与对象之间有了接触才能算目有所见，如说"看山"，则要亲往阿尔卑斯，瞪大了眼睛搜奇揽胜，这才算是"见过"。然而也许这只能说是第一种"看到"，而且是未见得高明的一种，就恰切地欣赏一个对象而言，我们更需要的是张开心灵的眼睛，以心灵之眼去重塑对象。

游山归来，倘若合上双眼，凝神结想游山所见，我们往往能捕捉到一些重要的细节，大量的视觉信息经了诠释，这座山的显著特征便在我们心中悄然浮现：花岗岩的山巅，低洼处的冰雪，林梢缭绕的雾霭。凡此种种我们游山时也许都曾见过却未尝留意。

上帝水淹世界之时，诺亚已经年逾六百，周围的世界他想必早已看得烂熟，这世界多少年下来就这副模样，"天不变道亦不变"的，他根本提不起精神让它们在心里重过上一遍。想想看，触目皆是丰饶的灌木，他又何必要将一棵小树放在心上揣摩个没完？

但是在方舟上困了两周之后，情况就大不一样了，其时诺亚对家乡满怀惦念，却怎么也见不着，自然而然，他就开始拼命回

八　享受爱情　　　　　　　　　　Alain de Botton

166.

想那些灌木林、树和山峦了，因此可以这么说，活了六百岁，诺亚还是头一遭真正开始欣赏他的世界。

这意味着，一物就在眼前，我们往往不会去留意它，真正要想欣赏，倒是见不着为好。事实上近在眼前也许正是促使我们视若无睹的重要因素，因为我们总觉得一直能见到就尽够了，用不着再去琢磨。

Q：照你这么说，我们是否应在诺亚方舟里多关关禁闭才好？

A：会有好处的。它会让我们更知体察事物，对情人尤其如此。即刻的剥夺会驱使我们学会欣赏。我不是说非得被剥夺我们才能学会欣赏，我是说我们应从自己失落时的自然反应中得到一些教训，悟到未被剥夺之时对身边一切当知珍惜。

情人间过于稔熟，结果往往是滋生出厌倦，因对对方知道得太多而生的厌倦。反讽的是，问题也许出在我们对对方还不够了解。始入爱河，我们惟有新奇之感，对彼此的关系自然茫然无知，定情之后终日厮对，朝朝暮暮的日子又让我们生出幻觉，以为一切不过如此，实在平淡无奇。最大的错觉莫过于因日日晤对而自以为对对方已无所不晓，诺亚在世上活了六百年，若非洪水降临让他以别样眼光看世界，他还不知此理。

Q：普鲁斯特对约会有何高见？头一次约会谈什么为好？穿黑衣是不是合适？

A：这方面普鲁斯特说得不多。他更感兴趣的是该不该头次约会就答应对方共进晚餐。

"对不起，今晚我没空。"——这样的答复无疑比想出种种法子施展魅力更能激发对方的爱意。

如果此话应验不爽，那正是因为诺亚法则——匮乏导致欣赏——在生效。你可能浑身都是魅力，不过若想令对方注意及此，还得再来点刺激，上佳的选择莫过于找借口回绝对方的邀请，这等于把对方锁进方舟，让他在海上漂上四十天。借着谈论欣赏服饰，普鲁斯特解释了延宕有何好处。阿尔贝蒂娜和盖尔芒特公爵夫人都对时装感兴趣，然而阿尔贝蒂娜没多少钱，公爵夫人却是富可敌国。公爵夫人的衣柜已是衣满为患，见了中意的样式她便将裁缝唤来现做，她的欲望何时能得满足，只要看裁缝的手有多快。阿尔贝蒂娜则没随心所欲买衣服的命，当真要买，买前必是思前想后大费周折。她每每花上几小时琢磨衣服，梦想着某件样式特别的上衣、睡袍，或是一顶帽子。

结果是，阿尔贝蒂娜虽没几件衣服，然在对服饰的理解、欣赏的眼光和喜爱的程度上，她却比公爵夫人不知强了多少：

就像占有过程中遇到的每一个障碍……贫穷远比富有来得慷慨，它给予女人的好处远远超过她们想买而买不起的衣服：它带来

八　享受爱情

168.

对衣服的欲望，对衣服真实、细致而透彻的理解恰恰是从这欲望中产生。

普鲁斯特将阿尔贝蒂娜比作对某幅名画向往已久、匆匆赶往德累斯顿美术馆参观的学生，而公爵夫人则像一个腰缠万贯却既没观画的冲动也没必要知识的观光客，一趟下来，除了茫然不解、无聊厌倦外加腰酸背痛之外，可说是一无所获。

这里普鲁斯特强调的是，实际的占有只是欣赏的一个因素。富人诚然幸运，一有去德累斯顿的念头，他们立马就可以去，在商品目录里看中一件衣服，他们马上就能买，但是他们也因太有钱，愿望满足得太快而受到了诅咒。不错，想去德累斯顿，他们可以登上火车就去，看见中意的衣服，他们可以令其很快出现在自家的衣柜里，然而他们却也因此无缘体味欲望与满足之间的挫折延宕，那满足感也就来得短暂，而挫折延宕虽显然令人不快，却有一个无法估量的好处，那就是让人们懂得并且深深爱上某个对象，不管这个对象是德累斯顿的一幅画作、一件睡衣、一顶帽子，还是某个今晚有事不能与我们约会的人。

Q：他反对婚前性行为吗？

A：不，但是必须有爱情才行。这么说不是出于什么老古板的理由，只是他认为以上床来激发对方的爱情算不得一个好主意：

多少有些抵抗的女人，不能马上占有的女人。那些你甚至不知道将来能不能归你拥有的女人，才是令人感兴趣的。

Q：当真是这样？

A：其他的女人当然也有迷人之处，问题是她们冒险到连做做样子也省了，听盖尔芒特公爵夫人怎么说的吧——再美丽的东西，轻而易举就能到手，也就不过尔尔了。

且以妓女为例，这种人是晚上招之即来的。普鲁斯特年轻时常有自渎的冲动，冲动剧烈到他父亲叫他上妓院解决问题，他父亲这么做也有让他打消对妓院的畏惧的意思，十九世纪许多人认为嫖妓是项很危险的消遣。在给祖父的一封很坦率的信中，十六岁的马塞尔描述了他的妓院之行：

我太需要找女人来戒除手淫的坏毛病了，所以爸爸给了我十法郎，让我去妓院。但是首先，我兴奋之下打破了尿壶，得赔三法郎，后来，还是因为太兴奋，我没法性交。所以现在我回到了原点，只好等下次爸爸给十法郎再去出空自己，此外还得为尿壶多要三法郎。

但是这趟妓院之旅不仅是场实际的灾难，它同时还暴露了对妓女取何种观念的问题。在普鲁斯特的欲望理论中，妓女居于一个不幸的位置，她们既要勾起男人的爱欲，又要防着不要把对方胃口吊得太高，把戏演得太过火，因为毕竟是商业行为。也就是

八　享受爱情

170.

说，她们无法拒绝男人，无法像良家女子那样说，今晚我没空。妓女中也许不乏既聪明又迷人的，但是她们不能令客人产生疑虑，疑惑自己究竟能不能拥有她们的肉体。结果很清楚，她们多半不可能激起真正持久的欲望。

倘说妓女……对我们没什么吸引力，那不是因为她们不如别的女人貌美，而是因为她们招之即来，是因为她们随时准备着向我们提供我们正想要的东西。

Q：这么说普鲁斯特相信男人想得到的就是性而已了？

A：这里还得再做分辨。妓女向男人提供他们以为自己想要的东西，她让他们产生一种已然得到的幻觉，这种幻觉强到足以威胁爱情的萌生。

且让我们回过头来再说说公爵夫人。她不懂欣赏自己的衣服不是因为这些衣服不如别人的漂亮，而是因为它们得来全不费力，轻而易举的占有愚弄了她，让她以为她已得到了她想要的一切，她也就不再去追求惟一真实的占有方式。在普鲁斯特眼中，想象的占有（玩味衣服的细微之处，以及衣料的褶皱、线缝的妙处）才是有效的。阿尔贝蒂娜寻求的就是这样的占有，只不过她是在无意间进行的，那是求占有而不可得之后的自然反应。

Q：你是说普鲁斯特不大看重做爱吗？

A：他只是认为人类正在失去能让做爱这事进行得更恰当的能力。在普鲁斯特的构想中,纯粹的肉体之爱是不可能的。那时他还是懵懂少年,所想只限于接吻之令人失望:

人显然是比海胆、鲸鱼更高级的生物,不过他还是缺少一些重要的器官,特别是用来接吻的器官,竟是一个也没有。因为缺这器官,人便用嘴唇来代替,如此这般,其效果也许比用一对獠牙去爱抚所爱者要更令人满意那么一丁点儿吧。但是嘴唇的本职工作乃是将其品尝到的种种滋味送达味蕾,故必是只满足于逡巡表面,碰到面颊这个无法逾越之物即止步不前,对错失了滋味的享受还浑然不觉。

我们为何要接吻?从某个层面来说,接吻不过是用一块柔软多肉且潮润的皮肤组织摩擦相应的一块神经末梢区域以产生快感,如此而已。但是,我们对接吻的期待(初吻时的期待最典型)远过于此。我们想要拥有和品尝的不仅是一张嘴,而是所爱者的全部。经由接吻,我们想得到的是更高的占有形式,一旦我们的双唇得了在情人肌肤上漫游的许可,对激发起我们爱意的人的渴望就算有了最后的着落。

然而在普鲁斯特看来,一个吻虽可带来肉体愉快的颤栗,却不能保证我们一定就能获得真爱的感觉。

且举一例。《追忆逝水年华》中的叙述者在一灿烂的夏日于

八　享受爱情

172.

诺曼底海边散步，路遇阿尔贝蒂娜，自此陷入情网。他被她深深吸引，满脑子都是她玫瑰色的脸颊，她的黑发，她的美人痣，她轻佻而又自信的举止，还有她引发的怀旧之情，他回想起夏日、海的气息、逝去的青春……夏日过去，他一回到巴黎，阿尔贝蒂娜即造访了他的寓所。在海边他试着吻她时，她有些退缩，显得保守，这一次完全不同了，她紧挨着叙述者躺在床上，最后还抱在了一起。这等于说，阿尔贝蒂娜已准备委身于他。谁料接下来的事却令人扫兴：他希望接吻能让他回味阿尔贝蒂娜，回味她的过去，夏日的诺曼底海滨，还有他们初次相遇时的情景，实情却是，他的嘴唇只触到阿尔贝蒂娜的双唇，再也够不到别处，倒像在用长牙爱抚，而且接吻的姿势笨拙之极，他看不见她，他的鼻子太碍事，差点没让他闭过气去。

　　这一吻也许太不够水准，然而普鲁斯特详述此中的令人扫兴之处，其意恰在点明肉体方式的欣赏中普遍存在的烦难。叙述者明白此时他对阿尔贝蒂娜的身体已可为所欲为了，他将她抱到膝上，双手捧着她的头，爱抚她，但是他似乎只是触到一个严严实实的外壳，心上人仍是难以把捉，遥不可及。

　　叙述者对接吻的失望其本身也许算不了什么。问题是人们总相信肉体的接触可以径直将我们引向爱的最终目标。是故我们若对接吻大为扫兴，接下来可能就会将此归罪于我们吻的那个人，认定她实在乏味，而非就事论事，归因于接吻太过笨拙。

Q：有什么保证两情长久的秘诀吗？

A：不贞。不是事实上的越轨行为，而是时时感到存在着不贞的威胁。在普鲁斯特看来，惟有嫉妒之情的介入才能拯救被日复一日的单调重复销蚀得寡淡无味的爱情关系。他曾给过冒险选择同居的人一句忠告：

倘你当真和一个女子同居了，你很快会发现她身上那些使你产生了爱情的东西都消失了，然而嫉妒却能令两个人重新走到一起。

话虽如此，普鲁斯特小说中的人物却未免将这一招用得过头了。失去恋人的威胁或许让他们意识到了自己对恋人未有足够的珍惜，可因为只知道肉体化的欣赏，他们所能做的便仅止于守住对方的肉身，这样的努力得到的只是一时的缓解，过后又是厌倦。他们因此被逼入一个折磨人的怪圈：他们渴望得到什么人，便伸出一只獠牙去吻他们，吻过之后便觉厌倦。如果有第三者威胁到他们的关系，他们会大吃其醋，一时间旧情复燃，于是再用獠牙去吻，结果是再度陷入厌倦。这怪圈可以看作是男子异性恋的一个缩影，其情形可以这么形容：

当我们害怕失去她时，我们眼中便只有她一个。当我们确信已得到她时，我们才会将她与别的女人做比较，而且觉得哪一个都比她好。

八　享受爱情　　　　　　　　　Alain de Botton

174.

Q：普鲁斯特曾向安德烈·纪德吹嘘他可充当爱情顾问，假如他碰到了不幸的恋人且想帮他们一把，他会对他们说些什么？

A：看吧。我想他会让他们想想诺亚，想想诺亚在方舟上突然间看到的那个世界，想想盖尔芒特公爵夫人，还有她衣柜里那堆她从来未曾领略过其妙处的衣服。

Q：他对斯万和奥黛特有什么特别的话要说？

A：这问题问得好——不过我们也许该记住勒鲁瓦夫人的一句箴言，此人可说是《追忆逝水年华》中最聪明的一个，某次有人问起她对爱情的看法，她很干脆地回答说：

"爱？我倒是常做，可从来不说。"

九　弃书不观

我们应该怎样看待书本？普鲁斯特曾对安德烈·纪德说过这样的话："亲爱的朋友，我认为我们可以把文学看得无比崇高，同时也可以一笑了之，在这点上我和当代流行的观点倒是正好相反。"这样的议论或许只是信口开河，并不当真，但是隐含的信息却耐人寻味。普鲁斯特是个献身文学的人，却对尽信书或是过分崇拜文学带来的害处有独到的认识。他认为把文学太当回事，看上去像是对文学的崇奉，事实上却背离了文学作品的精神；对书本的正确态度应是既能领略其妙处，又能觉察其限制。

一、读书之益

1899年，普鲁斯特的情况不大妙。他已二十八岁，却还一事无成，他依然呆在父母家里，总是生病，没挣过一文钱。最糟的是，四年来他一直在努力写一部小说，到现在还没一点要写完的迹象。这一年的秋天，他继续在法国阿尔卑斯山度假，还去了以

176.

温泉闻名的艾维昂，正是在那里他阅读并且喜欢上了约翰·罗斯金的作品，这位英国艺术批评家因其品评威尼斯、透纳、意大利文艺复兴、哥特式建筑和阿尔卑斯风光的著作而享有盛名。

普鲁斯特与罗斯金的邂逅可说是开卷有益的一个好例。普鲁斯特后来解释说："忽然之间，宇宙在我的眼中又重新变得美妙无比了。"普鲁斯特有这样的感受，是因为宇宙在罗斯金眼中就是这样美妙，而他又是个善将他的印象化为文字的大师。罗斯金所表达者，正是普鲁斯特心中有所体悟而自己又无法道出的，在罗斯金那里，他发现他过去只是隐隐约约体味到的一些东西清晰地浮现出来，凝定成了美妙的文字。

罗斯金向普鲁斯特展现了一个有形有色的世界，展现了建筑、艺术和自然。罗斯金激活了读者对许多事物的感受，这里只不过是其中一例——且看他怎样将一条寻常的山间溪流写得生意盎然：

遇到高出河床三四英尺的岩石，溪流往往既不歧出也不水沫四溅，似对岩石浑不在意，依然是从容不迫，自石上平滑地流过，而水流极速，水波的表面被拉成了一道道平行的线，以致整条溪流看去如同深沉的怒海，惟一的不同是溪流的水波总是往后，海浪则是一意向前。于是遇阻遏的水流让我们领略到曼妙无比的曲线，但见它一会突起一会下陷，随着时高时低的河床优雅地起伏，呈现出种种也许惟有大自然才能产生的自在的美。

　　风景之外，罗斯金还让普鲁斯特领略了法国北部大教堂的美。度完假回到巴黎后，普鲁斯特便先后走访了布尔日、沙特尔、亚眠和鲁昂。后来说到罗斯金的发蒙之功，他特别提及《建筑的七盏明灯》一书中写鲁昂大教堂的一段，在此罗斯金细致入微地描绘了教堂入口处的一尊特别的石雕像，与之相仿、比肩而立的石雕像足有好几百。这个不大的石雕像顶多有十公分高，特别处在他那苦恼、困惑的表情，他的一只手死死压着下颏，眼睛下面的脸部肌肉都挤在一起了。

　　在普鲁斯特看来，罗斯金在这小小石像投注的巨大兴趣，不啻使它死而复生，重现其作为不朽艺术的神采。罗斯金懂得怎样看这石像，这才能重新赋予它生命。普鲁斯特素来多礼，这次玩笑似的对那石像抱歉自家有眼无珠，若非罗斯金指引，竟看不出它的好来（"恕我眼拙，不能从这里成千块的石头中将你发现，辨出你的形象，唤醒你的灵魂，还你以个性，还你以生命"）。
　　这尊小石雕像可说是罗斯金令普鲁斯特豁然开朗的象征，所有的书对读者都可起到这样的启蒙作用。所谓启蒙，一言以蔽之，即是回到生活，从被习惯、漠视导致的麻木不仁回到生活，回到值得珍视却往往被忽略了的种种生命体验。

九　弃书不观

178.

罗斯金给普鲁斯特的影响太大了，普鲁斯特为更多接触罗斯金也走上了读书人传统的路径：文学研究。他将自己写小说的计划搁置一旁，成了罗斯金的研究者。这位英国批评家1900年去世时，普鲁斯特写了讣闻，其后又写了好几篇纪念文章，紧接着就着手一项庞大的计划——将罗斯金的著作译成法文。这项计划称得上野心勃勃，因为其时他几乎不会说英语，而且照友人乔治·劳里斯的说法，若是在餐厅用英语点菜，要顺顺当当点份羊排恐怕他都有困难。然而他成功地将罗斯金的《亚眠的圣经》与《芝麻与百合》译成了法文，不惟译文准确无误，还加了大量学术性的注释，足见他对罗斯金下的功夫之深。这项工作他简直是以一位浑然忘我的教授那样的迷狂、那样的不苟在做，他的好友玛丽·诺德林格就此说道：

他工作之勤奋令人难以置信，工作环境之糟糕却是一望而知：床上乱七八糟，尽是书和稿纸，枕头摆得到处都是，他左首是张竹子的桌子，上面堆得不能再高，根本没地方供他伏案（难怪他字迹潦草），一两个木制笔筒横陈在地板上，大约是从桌上翻下去的。

既然普鲁斯特是这样一位出色的学者，而在小说写作上又一直没弄出什么名堂，他一定考虑过是否就此转入学术生涯。这也是他母亲所希望的。眼睁睁看着儿子在一部没指望的小说上耗费了那么多年的时光，现在发现他居然成了出色的学者，母亲当然兴奋无比。普鲁斯特不会放弃自己的志趣，不过多年后他的确表达过对母亲的判断的理解：

我一直同意妈妈的看法，这一生我只能做一件事，而且是一件我们俩都认为极荣耀的事情，那就是成为一流的教授。

二、阅读的限制

当然，不用说我们也知道，普鲁斯特后来并未成为普鲁斯特教授，他没成罗斯金专家，或是翻译家，虽说他那么合适从事学术研究，做别的几乎一事无成，而他又那么尊重他亲爱的母亲的判断。此一事实可谓意味深长。

他的这种保留态度极其微妙。他当然不怀疑阅读与研究极有价值，而且还力排流俗之见，以心灵的自足为他在罗斯金身上下的工夫辩护：

平庸之辈总是会有这样的假想，接受我们景仰的书籍的引导必会导致判断力中最具独立精神的那部分受损。"罗斯金感受到什么，与你何干？发掘属于你自己的感受吧。"这样的观点起于一种错觉，但凡接受过精神训练的人必不会同意，相反，他们会感到接受大师

九　弃书不观

的指引令自己的理解力、感受力大增，而他们自己的批评意识并未就此被麻痹……要唤起自己感受到的一切，将大师感受到的东西在自己心中重新创造出来，实在是再好不过的法子。此种努力让我们获益无穷，在此过程中，我们拨云见日，发现自己的思想已与大师合而为一。

然而，在为阅读与研究的有力辩护中，某些地方却也暗示了他的有所保留。没有引起注意实则极易引起争议或批评的一点是，他认为应该为了特定的理由阅读，不是为了打发时间或是无谓的好奇心，也不是纯粹只想知道罗斯金有些什么感受，而是为了回到自我，找到自己的感受："要唤起自己感受到的一切，将大师感受到的东西在自己心中重新创造出来，实在是再好不过的法子。"我们应该为了领会自己的感受而去读他人的书，我们应该延展的是我们自己的思想，尽管也许是某位作家的思想帮助我们达到了这一目的。因而，一种完满的学术生涯就要求我们做出判断：我们着手研究的作家在其书中表达的东西是否与我们自己所关注者相合，而且即使在经由翻译或注释去对其理解的步骤中，我们也该同时注意理解和延展其内在的一面。

这就是普鲁斯特的命意所在，按照他的观点，要想充分意识到我们感受到的东西，光靠书本远远不够。书本可以打开我们的眼界，让我们更敏感，强化我们的理解力，然而其功效毕竟有其限制，到得某一点即止步不前。这并非巧合或偶然，也不是运气不佳，而是不可避免的。原因很简单：作者不是我们。读任何一本书我们都会碰上这样的时刻：我们感到有什么东西难以接受，被误解了或是太牵强，当此之时，我们便有义务将我们的向导抛到一旁，让自己的思路自行延展。普鲁斯特对罗斯金崇仰之极，他为他的译本苦苦奋斗了六年，六年与床上散乱的稿纸、竹桌上堆积如山的书本为伴，与另一个人的词句不停地纠缠搏斗之后，他终于也口出怨言。他声称，纵使罗斯金无比高妙，也不能使他免于一再地陷入"愚蠢、疯狂、压抑、错误和荒唐"。

普鲁斯特没有转而翻译乔治·艾略特，或是注释陀思妥耶夫斯基，这一事实表明他已有清醒的认识：他在罗斯金那里感受到的挫折并非偶然，与作者本人无关，它反映的是阅读与学术研究普遍的局限。这理由尽够了，从此他再不为普鲁斯特教授的头衔劳神费力。

好书了不起而又美妙的特征之一即在于，对作者而言，书也许可说是"结论"，对读者而言，书则是"激发"（由此可见阅读在我们精神生活中扮演的角色，书本当然重要，但也有其限制）。我们会强烈地感受到，作者离我们而去之际，正是我们自己的智慧萌发之时。作者所能做的一切是激发出我们的欲望，我们却期盼他提供答案……这是阅读的价值，同时也就是它的局限。要让原本只是一种激发的事情变成一项训练,这是强使阅读扮演它担不起的角色。阅读是通向精神生活的一扇门,它可引导我们进入精神的世界,却不构成精神生活本身。

* * *

普鲁斯特深知阅读之乐多么容易诱使人们误以为阅读就是精神生活的全部,他因此在译本前记中斟词酌句写下了几行导读性质的话:

我们内心深处有某些我们自己不得其门而入的角落,阅读则提供了打开心灵门扉的神奇钥匙,即此而论,阅读在我们生活中扮演的角色令人赞叹。然而另一方面,如果它的功用不是将我们内心的生活激活,而是干脆取而代之,如果真理对我们不再是一个惟有通过自己心智的努力趋赴的理想,而只是些物质性的、存在于书页之间的东西,如同别人已停停当当酿好的蜜,我们只需举手之劳,从图书馆的书架上取下,机械地翻阅即可,那阅读就变得危险了。

书本实在妙不可言,它帮助我们意识到自己的感受,然而正因如此,普鲁斯特认为人们很容易受其诱惑,就此将探索自己生命的任务一古脑儿全委之于书本。

他在小说中给了个例子，正见出对书本食而不化之害。他写到一位拉布吕耶尔作品的读者，正读到《性格论》中的一段格言：

人常想着要爱他人，却不付诸行动：他们这是自己毁了自己，即此而论，我可以这么说，他们是自己让自己的好梦成空。

此人多年来一直在追求一个女子，想让她爱上自己，却不能如愿——其实那女子当真爱上了他，也只会令他更不幸。普鲁斯特揣想，这位可怜人由这格言想到自家生活的遭际，一定大为感动。他会一读再读，自顾自赋予格言无穷的意味，弄到它不胜负荷，这格言简直一句顶一万句，他一生中最令人激动的回忆全在里面了。它读来如此迷人如此真实，以致他满怀喜悦之情读了又读，不能自休。

毫无疑问，这里投射了这位读者的多重经验，但普鲁斯特却暗示我们，某种程度上说，对拉布吕耶尔的思想倾心到如此地步，会让他忽略自己感受的特别之处。拉布吕耶尔的话可以助他理解自己经历的某一部分，但却不能将其滴水不漏地传达出来。要写出他在爱情上遭到的不幸，那句话不应是"人常想着爱他人"，改读作"人常想着被人爱"才合适。这里看似只有一字之差，却颇能说明问题，它说明即使是那些完美地写出了我们某些经验的杰作，也总不能将我们的感受尽皆道出。

九　弃书不观

184.

是故我们阅读时不可掉以轻心，对书中的洞见固然应敞开心胸，却不能就此放弃自己的独特性，或是在阅读中忘却了自家情史的特异之处。

如其不然，我们就会染上普鲁斯特断为尽信书本之病的诸多症候：

症候之一：视作家为神明

孩提时代，普鲁斯特特别爱读戈蒂埃的作品。戈蒂埃《弗兰卡斯上尉》一书中的某些句子似乎无比深刻，以致他禁不住要把作者想成一个无所不知的非凡人物，遇到什么重大问题都可以向他求教：

我视他为真理的守护神，希望他告诉我对莎士比亚、塞蒂娜、索福克勒斯、欧里庇德斯、西尔维奥·倍利科这些作家应如何看待……最关键的是，我希望他告诉我，如果中学一年级重读一年，对我的求知是不是更有益处。还有，我是该当外交官，还是在法庭上当律师。

很遗憾，戈蒂埃那些灵慧、迷人的句子老是缠夹在一些读来枯燥乏味的段落当中，他会就一座城堡写上一整页，而对马塞尔的问题，诸如对索福克勒斯当如何看待，他应该进外交部还是当律师之类，他似乎漠不关心。

就普鲁斯特日后的发展而言，或许这倒是件好事。戈蒂埃在某一领域见识过人，并不必然就意味着他在其他领域也有同样的洞见。不过这么想是再自然不过的了：某些人既然在一些问题上目光如炬，转到其他问题他们必也是最好的权威，没准他们真的无所不知。

普鲁斯特孩提时代对戈蒂埃有诸多夸张的期待，到后来，轮到别人对他抱着不切实际的幻想了。有人就相信，普鲁斯特可以给出生存的谜底，人们对他抱有如此的狂想，皆由他的小说而起。《不妥协报》的报人，那些异想天开的记者，就认为要知道末日来临会是何情形，问问普鲁斯特再合适不过，他们坚信作家拥有神灵般的智慧，故而一再拿他们的问题到普鲁斯特那儿讨答案。比如，他们就认为，回答下面的问题，普鲁斯特是最佳人选：

如果因为某种原因，您不得不以体力劳动谋生，按照您的品味、志趣和能力，您会选择干什么？

普鲁斯特坚持说，写作说到底也是体力活，不过接着他还是给了答案："我想我也许会当一个糕饼师。为人们提供每天生活里都少不了的面包是件值得尊敬的事。"可其实他连一片吐司也做不出来。他又写道："你们在体力劳动和精神生产之间划出一条界

九　弃书不观　　　　　　　　　Alain de Botton

186.

线，这我可是区分不出来。手是在精神的引导下工作的。"——关于这一点，为他涮马桶的塞丽斯蒂没准会谦恭地提出一点疑义。

普鲁斯特的答复很无聊，但还得说，问题本身就很无聊，至少对普鲁斯特是如此。何以一个能写出《追忆逝水年华》的人就一定有能力为刚被炒了鱿鱼的白领指点迷津？《不妥协报》的读者干吗要一个从未有过正经职业也不大喜欢面包的人来对糕饼师的职业高谈阔论？为何不让普鲁斯特回答他答得了的问题，干脆承认他们需要的是一位够格的择业顾问？

症候之二：看罢好书不能提笔

这问题似乎比较专门，实则牵涉甚广。想象一下吧，一本好书会让我们自己的思想止步不前，因为它让我们有惊艳之感，因为我们心灵所能产生的一切都不及它内在的优越。写作的情形是一样的。一句话，好书会让我们觉得再也无话可说。

读普鲁斯特的小说就曾让弗吉尼亚·伍尔夫差点无法再提起笔来。她钟爱他的小说，可钟爱得过头了。她简直挑不出这书一点毛病。正像瓦尔特·本雅明说到人们何以成为作家时指出的，他们成为作家，是因为他们还未发现一本已然让他们心悦诚服的书。弗吉尼亚的问题恰恰在于，她以为她发现了一本这样的书，至少她一度是这么想的。

马塞尔与弗吉尼亚——故事一则

弗吉尼亚·伍尔夫在1919年秋致罗杰·弗莱的一封信中第一次提到了普鲁斯特。那时弗莱在法国,伍尔夫住在里士满,那里老是有雾,花园不成个样子,她偶然问起,他回来时能不能带本《去斯万家那边》给她看看。她再次提到普鲁斯特已是1922年的事了。彼时她已四十岁,虽说有过托弗莱捎书之举,普鲁斯特的作品她其实仍是一本没看。在给E. M. 福斯特的一封信中她倒是透露说,她身边的人读书比她勤得多:"每个人都在读普鲁斯特。我坐着一声不吭,听他们大谈读后感想。那似乎是不寻常的经验。"她解释说,她担心对这小说太过入迷,所以迟迟拖着不看。她提起这书简直就当它是一片沼泽,而非用线和胶水装订起来的几百页纸:"我站在边上不住地打抖,等着某种可怕的观念浮现出来,我会随着这观念下沉、下沉、下沉,也许就此再也浮不出水面。"

结果她还是忍不住踊身一跃。问题也就来了。她对弗莱说:"普鲁斯特强烈地挑起我表达的欲望,而我竟至于一句也道不出。我忍不住要大嚷:'老天,要是能写得像他那么好该多好!'那一刻让人颤栗,让人骨软筋酥——有那么点像性爱——他让我感觉我能写得像他那么好,却又一把将笔夺走,结果我根本写不成那样。"

这番话听来像是对《追忆逝水年华》的礼赞,其中却实有她

188.

作为一个作家对自己未来的不祥预言。她对弗莱道:"读普鲁斯特对我来说真是冒险。有《追忆逝水年华》在前,还有什么好写的?……上帝,他怎么就能将易逝之物捕捉到——而且还将其化为美妙、久远的存在呢?我们实在只有望洋兴叹的份。"

叹息归叹息,伍尔夫明白她的《达洛卫夫人》还得接着写下去。写完这书后,她一度有那么点自我陶醉。"我想这一次是真写出点名堂了吧?"她在日记中自问道,但这陶醉何其短暂,她接着写道,"罢了罢了,跟普鲁斯特整个没法比,我算是陷在里面了。极度的敏感与极度的强韧在普鲁斯特那里结合到了一起。他可以写出蝴蝶翅膀上最细小的花纹。他像羊肠线一样强韧,又像蝴蝶那样纤细轻盈。我怕他是一方面影响着我,另一方面又让我对自己写出的每一个句子都看着不顺眼。"

其实伍尔夫明白,就算没有普鲁斯特,她对自己的句子还是一样大为不满。"我对《奥兰多》厌恶之极,以致什么也写不出来了,"1928年她写完该书后不久在日记中对自己说道,"我花了一个星期改校样,连一个像样的词也挤不出来。我讨厌自己絮叨个没完。干吗总是滔滔不绝?"

每每与这个法国人短暂地照个面,过后她恶劣的心绪即戏剧化地加重。她的日记中又提到普鲁斯特:"晚餐后拿起普鲁斯特作品,又复放下,这是最糟糕的时刻,令我想到自杀。好像没什么可干的了。所有的一切都索然无味，毫无价值。"

她倒没有当真去自杀，她走了步很聪明的棋——再不去碰普鲁斯特。结果是她又写出了几部书，书中的句子既不寡淡也不乏味。这以后，到了1934年她写作《岁月》一书时，已有迹象表明，她终于摆脱了普鲁斯特的阴影。她告诉埃塞尔·史密斯，她又开始读《追忆逝水年华》了："这本书当然很伟大，我是再也写不出的。好多年了，我一直拖着不将它读完，现在想着也许来日无多，又开始读了。顺其自然，胡乱写自己的吧。上帝呀，我的书真是糟得无可救药！"

这里的语气暗示伍尔夫最终已然能够坦然面对普鲁斯特了。他有他的王国，她也自有她的涂鸦之地。从沮丧到自责再到欣然的自卫，说明伍尔夫渐渐明白，一个人的成功并非就必然成为另一个人的障碍，即使一时觉得山穷水尽，过后仍会发现总还有些路可走。普鲁斯特诚然已将许多东西表达得尽善尽美，但独立的思考以及小说的发展并非到他这里就已经终结，并非《追忆逝水年华》一出，然后便是万古长如夜，还是有空间供其他作者继续操练，尽有《达洛卫夫人》《普通读者》《一间自己的房间》存身的地方，这些书所标举的个人感受则更不愁没有安身之地。

症候之三：艺术上的偶像崇拜

仰视作家贬低自己无疑是有害的，除此之外，还存在着另一种危险，即基于错误的理由去崇仰艺术家，从而沦为普鲁斯特所说的艺术上的偶像崇拜。宗教意义上的偶像崇拜指的是对宗教某一面的过分执迷——有时是某一神像，有时是一条特别的戒律，或是某一本经书——凡此种种，都使得我们偏离甚至大悖宗教的内在精神。

普鲁斯特认为在艺术中也存在着类似的问题，艺术上的偶像崇拜者一方面对艺术中被物化了的那一面崇奉有加，另一方面对艺术的内在精神则又置之不理。比如，他们会对某位大画家笔下的乡间景色大为倾倒，误以为那就算是对画家的欣赏了。他们紧盯着画中之物不放，却全不顾画的内在意蕴——而普鲁斯特审美立场的核心却见于这样一句话："一幅画的美并不取决于它画的是什么东西。"此话言简意赅，大可回味。

普鲁斯特曾批评他的朋友孟德斯鸠（此人出身贵族，是个诗人），说他是个艺术上的偶像崇拜者，因为每当在现实中正巧撞上了什么画家笔下出现过的东西，他便兴致高涨。要是看见一位女子穿着一件衣服与巴尔扎克笔下卡迪央公主（《卡迪央公主的秘密》的女主人公）的穿着很相像，没准他会兴奋得大呼小叫，虽说那衣服不过是小说家的想象。说此种莫名的兴奋是艺术上的偶像崇拜，何以见得？——因为孟德斯鸠的兴奋与对衣服的欣赏了不相干，完全是出于对巴尔扎克名声的崇拜。他根本说不出自己对这衣服喜在何处，未接受巴尔扎克审美视界中的法则，也未从巴尔扎克对具体对象的赏鉴中领会到什么一般性的教益。所以一旦眼前是件巴尔扎克从未描绘过的衣服，孟德斯鸠的问题就来了，也许他会看都不看一眼，而换了巴尔扎克或是一个具有巴尔扎克式眼光的人，则必能品出每件衣服各自的妙处。

症候之四：忍不住要买本《重现的美食》

食物在普鲁斯特的作品中扮演了不寻常的角色，这些美食普鲁斯特写来如数家珍，书中的人物吃来也是津津有味。凡经他品题者，读者便难以忘怀，我们可以举出乳酪泡芙、青豆沙拉、杏仁鳟鱼、烤红鲱鱼、海鲜炒饭、黑奶油煎鱼、牛肉烤盘、白沙拉酱羊肉、俄式炒牛肉、文火蒸桃、覆盆子奶冻、玛德莱娜小甜饼、杏子派、苹果派、葡萄干蛋糕、巧克力酱、巧克力泡芙，等等，等等。

普鲁斯特笔下人物享用的这些美食令人垂涎三尺，我们平日所食则常令人觉得索然寡味，两相对照，我们心痒难熬，恨不能亲口尝它一尝。当此之际，我们也许禁不住想去买本图文并茂、铜版纸精印的《重现的美食》回来瞧瞧，这本食谱由一巴黎名厨编写，初版于 1991 年（出这本食谱的公司还出过一本同属实用类型的书，名为《莫奈的美食札记》），其中详述《追忆逝水年华》

192.

提及的每一种美食的烹饪之法。此书或可令任何够格的厨子对伟大的小说家肃然起敬，没准还能由此对普鲁斯特的艺术获得更近切的了解。别的不论，此书在手，普鲁斯特迷们便可如法炮制，不走样地做出一份巧克力奶冻，与弗朗索瓦丝在贡布雷叙述者家中为他奉上者，并无二致。

弗朗索瓦丝巧克力奶冻

配料：巧克力一百克，白砂糖一百克，牛奶半升，鸡蛋六只。

做法：牛奶煮沸，加入已碎为小块之巧克力，以木勺搅拌，令其慢慢融解。白砂糖与鸡蛋搅打至发泡。烤箱预热至一百三十度。

待巧克力完全融解，倾入鸡蛋、砂糖，用力快速搅拌，然后以滤网过滤。

滤后倒入径可八公分之蛋糕模子内，装双层烤盘中，放入烤箱，一小时后取出。冷却后即可食用。

但是一旦坐实，食谱变成实实在在的甜品，在我们品尝所谓弗朗索瓦丝巧克力奶冻之余，或许会回过头来想，做这甜点乃至编撰《重现的美食》，当真算是对普鲁斯特表了敬仰之心？此举是否正落入了他让读者深以为戒的"艺术上之偶像崇拜"的陷阱？普鲁斯特或许并不反对出这么一本本于他之小说描写的烹饪书，问题在于他希望此种书当取何种形式。若接受他对艺术上之偶像崇拜的批评，则我们当能明白，他小说中具体写到的美食与它们所传递的内里的气息，完全是两码事。这内里的气息是变动不居的，至于是写弗朗索瓦丝烤制的巧克力奶冻，还是写维尔迪兰夫人待客的海鲜炒饭，那都没什么要紧——没准一碗干果粗粮、一碗咖喱菜或是西班牙海鲜炒饭与那气息倒还更相干些。

《重现的美食》带来的风险是，我们会因找不到巧克力奶冻或青豆沙拉的正确配料而弄得整日闷闷不乐，最后只好作罢，落到以汉堡充饥，而汉堡普鲁斯特可是从来没写过。

普鲁斯特当然不希望读者以此种方式读他的书，他早就有言，一幅画作美与不美，并不取决于画的是什么。

驾车在以大教堂闻名的沙特尔西南部行驶，透过挡风玻璃映入眼帘的，是我们见惯了的欧洲北部大片大片耕地构成的景色。这里到处都差不多，除了平地还是平地，雨刷上方地平线上偶或冒出的水塔、圆形粮仓之类，因此反显得有几分突兀。如此单调倒也不坏，免得东张西望，目迷五色，趁着现在还没到罗亚尔城堡、还没见着飞扶壁状如鹰爪的沙特尔大教堂和沧桑斑驳的钟楼，不妨将那张早已揉作一团的米其林地图重新理它一理。汽车沿小路穿过静谧的村庄，家家户户都闭了户午睡，似乎要睡上一整天，甚至加油站看上去都一派死寂，没半点动静，惟见从田野吹过的风舞弄着石油公司那红蓝交错的旗子。一辆雪铁龙蓦地出现在后

九 弃书不观

194.

视镜里，很快便以某种夸张的不耐窜到了前面，好似惟有速度才可抵挡住这令人窒息的单调。

行至较大的交叉路口，就见着不少形同虚设的限速标牌，指向图赫和勒芒方向，写着限速九十公里，驾车的人或许会注意到，这当中有一金属箭头标出了到小镇伊利耶-贡布雷的距离。有好几个世纪，这箭头上只标着伊利耶，但到1971年，这小镇决定要让哪怕只有一点文化的驾车人也知道，此地出过了不得的名人，此地孕育了普鲁斯特，或者更确切地说，他在这儿住过。自六岁到九岁，普鲁斯特都在这儿度夏，十五岁那年又重到此地，借住在姑婆伊丽莎白·阿米奥家——正是在这里，他萌生灵感要虚构出一个叫贡布雷的地方。

驶入这个小镇会有点异样的感觉。十九世纪末，还是个孩子的小说家在此度过了几个夏天，后来便将此地方塑造成了小说中的一个角色，由此小镇亦真亦幻，不复全然是那个实实在在的小镇了。但是伊利耶-贡布雷似乎要的就是这亦真亦幻，不住地添油加醋。"普鲁斯特医生路"街角上有家糕饼屋即在门首挂出块大招牌，上书"此店即奥莱妮姑妈每日购玛德莱娜小甜饼处"，是否当真如此，天知道。

竞争是激烈的，市场广场的一家糕饼屋也打出普鲁斯特的旗号:"本店特制马塞尔·普鲁斯特最爱之玛德莱娜小甜饼。"八个一袋二十法郎,十二个一袋的则售三十法郎。糕饼屋的老板未读过《追忆逝水年华》,却明白若非托这小说的福,糕饼屋恐怕早已关门大吉,正是小说招来了世界各地的顾客。常可见到挎着相机,拎着装有玛德莱娜小甜饼袋子的游客,往阿米奥姑婆的故居走去。那座大屋普普通通,而且阴森昏暗,要不是普鲁斯特年轻时曾冲着四壁遐想,日后据此写出叙述者的寝室、弗朗索瓦丝做巧克力奶冻的厨房,以及斯万由花园归来晚餐时经过的大门,人们多半不会有兴致对它多瞧几眼。

进得屋内,顿感一种肃穆的类乎宗教的气氛,让人想起教堂。孩子们这会儿都老实了,不知会看到些什么,导游亲切又带几分怜悯地对他们笑笑,做母亲的则警告他们不可乱跑,什么东西都别碰。这屋子实在没什么吸引人之处。虽说有种阴森恐怖的美,房间里还是复制出十九世纪外省中产人家的气氛。房间紧挨着"莱奥妮姑妈的床"有张桌子,博物馆馆长在桌上的大玻璃陈列橱里放了一只白色的茶杯,一瓶古老的维希矿泉水,此外还孤零零放着块有点异样、看上去油滋滋的玛德莱娜小甜饼,走近了才看出,玛德莱娜原来是塑料做的。

旅游中心里有售一位拉谢先生撰写的导游手册,上面如此这般写道:

九　弃书不观

196.

要想捕捉到《追忆逝水年华》一书的深邃、微妙之感，读者打开小说之前务必花上一天时间到伊利耶-贡布雷一游。惟有亲身到此奇特之地，方可体味到贡布雷的神奇。

拉谢对乡土的热爱情见乎辞，实在令人称道，此地制玛德莱娜小甜饼的糕饼业人士亦必会为他叫好，然而在这里呆上一天后人们会怀疑他是否把这小镇说得太玄乎，弄巧成拙，无意间反让普鲁斯特的魅力减弱了。

诚实点的造访者会在心里承认，这小镇无甚可观。它和别的小镇没什么不同，这并不是说伊利耶-贡布雷一点没意思，只是拉谢先生说得玄乎其玄的那些我们一点没看出来。这点倒正好给普鲁斯特的观点做了注脚：一个城市有趣与否，端赖我们怎么去看。贡布雷也许是令人愉快的，但法国北部平原其他任何一个小城也都值得一游。只要我们学着以普鲁斯特式的眼光去看，他展现的贡布雷的美我们几乎在任何一个小城都能领略到。

反讽的是，我们揣着对普鲁斯特的偶像崇拜，却对普鲁斯特的审美观全无会心，一路上只知想象着普鲁斯特童年时度过的欢乐时光，朝着伊利耶-贡布雷一路狂奔，对途经的乡野景色，还有那些普鲁斯特未曾落墨的周边小城、村庄如布霍、布纳瓦、库赫维尔等，一概视而不见。岂不知普鲁斯特若家在库赫维尔，或是他姑婆住在布纳瓦，没准我们就该往这些地方奔，对伊利耶又不屑一顾了。我们的朝圣之旅盖出于偶像崇拜，我们对伊利耶-贡布雷仰慕不已，只是因为普鲁斯特碰巧是在那儿长大，而对他以何种方式看这小城，我们却毫不在意。象征米其林轮胎的那个胖子肯定的恰是这样没头脑的崇拜，因为那胖子不懂我们眼中所见之物，其价值高低与其说是取决于物象本身，不如说是取决于我们看取的方式。他也不明白，伊利耶-贡布雷因普鲁斯特小时呆过就给三星，库赫维尔旁边的埃尔夫加油站因普鲁斯特的雷诺汽车未曾在此加油就一星也不给，实在是毫无道理。如果普鲁斯特到过那加油站，他也许一眼就可看出此间亦有可玩味之处：前面的庭园里种了一排齐齐整整的水仙，让人见了高兴；一台老式水泵卧在那里，远远看去就像一个穿一身紫红色工作服的壮汉靠在篱笆上。

如果肯耐着性子好好听，我们会发现，在为罗斯金《芝麻与百合》一书法译本所作序言中，普鲁斯特对伊利耶-贡布雷旅游开发之荒唐说得已经够多的了：

我们宁愿去看米勒在《春日》中向我们展示的，宁愿莫奈领我们去吉维尼，去塞纳河边看雾中的河流转弯处，就为了他画过这地方，画的就是雾中的朦胧莫辨。然而实情是，米勒、莫奈所以选定了一条小路、一个花园、一片麦田或是塞纳河转弯处而不是别的

198.

什么地方来画，不过是因为家庭或是有亲朋在彼处，很偶然地途经那里或是在附近呆了一阵，如此而已。要说这些地方不寻常，似乎比地球上别的地方更美，那这美这不寻常全是画家赋予的，如同微妙难言的反射，他们在画上烙下了天才的印记，这些印记独特、鲜明，叠印在他所画过的没有个性、情感可言的风景上。

如果当真对普鲁斯特有倾慕之情，我们的当务之急便不是到伊利耶-贡布雷一游，我们应该学会用他的眼光来看我们，不是用我们的眼光去看他。

忘记了这一点，对我们来说也许就太惨了。要是我们对一景一地的兴趣全系于大艺术家们是否描绘过它们，成百上千的美景和经验领域我们便无从领略，而我们原本是有机会领略的。莫奈所见只是地球上极少数的地方，普鲁斯特的小说虽长，所写也仅是人类经验的一小部分。不去领会艺术家视线后面的普遍美感，只知盯着艺术品描绘的对象，其结果是对艺术家未曾留意的世界未免太不公平。仅把普鲁斯特当偶像来崇拜，我们就没有闲心去品尝普鲁斯特未吃过的甜点，欣赏他没描写过的服装，体验他未辨析的别种的爱情，履足他未曾造访的城市，并因此灰心地得出结论，认定自己的生活与艺术的世界真有霄壤之别。

我们应从普鲁斯特那里学到什么？我们能向普鲁斯特表示的

最大敬意，莫过于像他对待罗斯金那样去对待他，那就是说，纵使他的作品再好，我们若胶柱鼓瑟，入而不出，最后亦必陷入愚蠢、痴癫、抑屈、谬误、荒唐可笑。

把读书当作修行，则未免将其看得过重，阅读本不过是一种刺激。它是通向精神生活的一道门槛，能将我们导入精神的世界，却远非精神生活的全部。

所以，即使是最好的书，有时也应弃之不顾。

Alain de Botton
How Proust Can Change Your Life
Copyright © 1997 by Alain de Botton
All rights reserved.

图字：09-2002-320号

图书在版编目（CIP）数据

拥抱逝水年华 /（英）阿兰·德波顿
（Alain de Botton）著；余斌译. — 上海：上海译文
出版社, 2020.7（2022.9 重印）
（阿兰·德波顿作品集）
书名原文：How Proust Can Change Your Life
ISBN 978-7-5327-8502-5

Ⅰ. ①拥… Ⅱ. ①阿… ②余… Ⅲ. ①纪实文学—英国—现代 Ⅳ. ①I561.55

中国版本图书馆CIP数据核字（2020）第103369号

拥抱逝水年华
[英]阿兰·德波顿 著 余 斌 译
责任编辑 / 吴洁静 封面设计 / 观止堂_未氓 内文版式 / 高 熹

上海译文出版社有限公司出版、发行
网址：www.yiwen.com.cn
201101 上海市闵行区号景路159弄B座
上海盛通时代印刷有限公司印刷

开本 890×1240 1/32 印张 6.75 插页 5 字数 96,000
2020年8月第1版 2022年9月第2次印刷
印数：10,001—12,000 册

ISBN 978-7-5327-8502-5/I·5232
定价：68.00元

本书中文简体字专有出版权归本社独家所有，非经本社同意不得转载、摘编或复制
如有质量问题，请与承印厂质量科联系：T: 021-37910000